天壹文化

南宋·佚名《仙山楼阁图》

此图是绢本设色画，以重彩加金勾画奇峰茂林，
云霭缭绕，楼阁隐隐，仙鹤飞舞，悠然自得。现
藏于辽宁省博物馆。

—— 南宋·赵伯驹《莲舟新月图》——

此图是据北宋理学家周敦颐《爱莲说》所绘。图中高士精神清润，月下赏荷，安适恬淡。现藏于辽宁省博物馆。

—— 北宋·赵佶《瑞鹤图》

此图是宋徽宗赵佶所绘绢本设色画，图中群鹤盘旋于宫殿之上，姿态各异，飘逸灵动。现藏于辽宁省博物馆。

——— 北宋·惠崇《溪山春晓图》（局部）———

此图无款印，传为北宋惠崇所绘，图中崇山叠岭，云气蒸腾，山溪潺潺，柳绿桃红，一派明丽春色。现藏于北京故宫博物院。

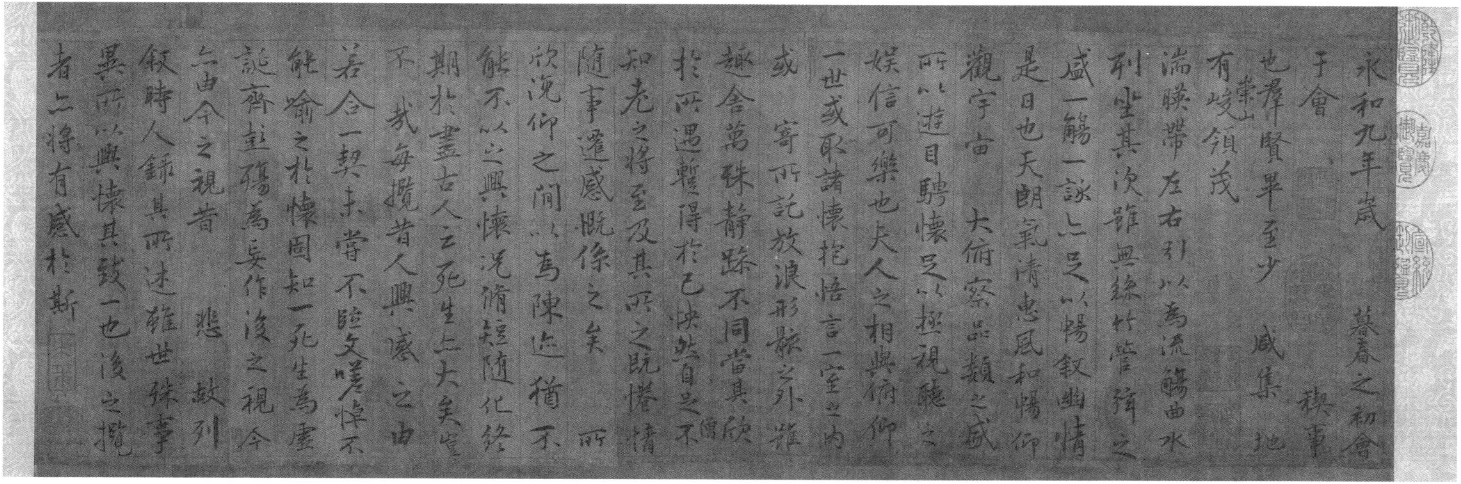

**北宋 · 米芾《临定武兰亭卷》**

此卷为米芾临摹东晋王羲之《兰亭集序》，风格飘逸超迈，沉着痛快。现藏于台北“故宫博物院”。

——— 北宋·赵昌《写生蛱蝶图》（局部）———

此图描绘群蝶恋花的田园小景，蛱蝶翩翩起舞，
秋花枯苇摇曳，灵动自然，清新秀雅，意境平和。
现藏于北京故宫博物院。

——北宋·刘永年《花阴玉兔图》（局部）

此图旧传为北宋刘永年之作，画卷中山雀、玉兔悠于山茶、棘竹之间，玉兔体态优美，目光炯炯有神，悠闲自适。现藏于台北"故宫博物院"。

北宋·王希孟《千里江山图》（局部）

此图是绢本设色画，烟波浩渺、层峦起伏，渔村野市、水榭亭台等纤毫毕现，人物刻画精细入微，栩栩如生。飞鸟用笔轻点，具翱翔之态，体现了古代山水画中"天人合一"、可居可游的思想。现藏于北京故宫博物院。

一蓑烟雨任平生

徐若央

著

宋朝词人的风华人生

天地出版社｜TIANDI PRESS

你可还记得读过的第一首宋词?

何时何地?

又是何人陪在身旁?

我从来都是一个孤独的人,初读宋词时,是在深秋之夜,没有最爱的桃花,没有淡淡的清茶,只有一盏灯相伴,我读了那首《相见欢》:

无言独上西楼,月如钩。寂寞梧桐深院锁清秋。

剪不断,理还乱,是离愁。别是一般滋味在心头。

少年不知何为离愁,读史书,品诗文,只觉自己是身外人,有感悟,有叹息,却无共情。很多年以后,经历了爱恨,知晓了凉薄,终于读懂了沧桑。我已不再是昔日的我,情字太长,不敢思量。

宋词,关乎一个朝代,从盛世走向衰败。

他们或是帝王将相,或是股肱之臣,或是白衣卿相,或是红尘女子,行走于世间,来去匆匆,以词书写人生,以曲唱尽悲欢。词人,不过是他们的另一个身份。

词人也不过是寻常之人，他们有初心和信仰，有阴谋和斗争，有奢靡和贪恋，活得真切，活得坦然。月下疏影，公子举杯邀月；白发三千，老人叹青山妩媚；关山千里，知己遥遥对酌。

何方女子身披霓裳？

何方少年叹息春光？

何方将军策马疆场？

何方宫人妆罢心伤？

何方烈火焚烧宫墙？

君可知，他们如此平凡，却又如此伟大，以血泪书王朝兴衰，这是历史，也是人生，是他们一路走来的辛酸。他们是宋朝的璀璨繁星，有他们，才有盛世。

盛世是什么？是万里江山的壮阔，是金闺国士的豪情，是风花雪月的缠绵，是花开花落的叹息。纵然曾有忌妒、遗憾、愤懑，当岁月老去，回首处，只剩下青山依旧，故人如初。

你我不过是寻常人，翻开一卷宋词，或许能寻得自己的身影，于桃花纷飞处，于江南烟雨中，于某个孤独的夜晚，等待着一个人，归来。

这本书，写给长情的你。

因为，有你，便有风华。

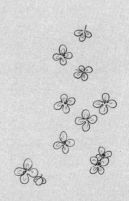

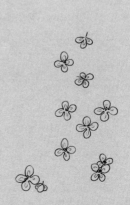

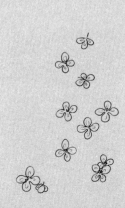

回首已是
梦中客

# 虞美人

李　煜


　　春花秋月何时了[1]？往事知多少。小楼昨夜又东风，故国[2]不堪回首月明中。

　　雕栏玉砌[3]应犹在，只是朱颜改[4]。问君[5]能有几多愁？恰似一江春水向东流。

---

1　了：了结，完结。
2　故国：已灭亡的国家，此处指南唐。
3　雕栏玉砌：即雕花的栏杆和用玉石砌成的台阶，泛指南唐华美的宫殿。
4　朱颜改：指所怀念的人已衰老，暗指亡国。朱颜：红颜，代指美人，此处泛指人。
5　问君：假设之词，表面是作者设问，实为自问。

乱世之末，盛世之始，总有一些人于金戈铁马中，惊艳了岁月。

七夕佳节，亦是南唐后主李煜的生辰，然而，南唐早已是故国旧梦。

大宋京师笼罩在欢歌笑语中，美酒佳宴，推杯换盏，明亮的烛光映着美人的容颜。美人微醺，倚在男子身侧，缓缓哼唱出一首江南小调，歌罢，朱唇轻启，轻声道："妄想家了。"

闻言，坐上之宾皆陷入了沉默。这些人都曾是南唐臣子，亡国后，沦为贰臣。乱世之中，命不由己，一副躯体如落叶般飘零。

家，多么奢侈的字，他们还有家吗？

他们的家在金陵（今江苏南京）。

只可惜，再也回不去了。

那夜，李煜凝望着南方，提笔写下一首《虞美人》："春花秋月何时了？往事知多少。小楼昨夜又东风，故国不堪回首月明中。　雕栏玉砌应犹在，只是朱颜改。问君能有几多愁？恰似一江春水向东流。"

春花烂漫，秋月正圆，四季更替，岁月轮转，人生满是道不尽的美好。只是，那些美好都不属于一个阶下囚——李煜，一个高贵的囚徒，一个可悲的帝王。对于他来说，美好的时光皆是折磨，不如早些了结，也好断了这半世的折磨。

回首往昔，旧时的故事还记得多少？纵情诗书，夜夜笙歌，枉杀忠臣，一切历历在目，仿佛就是昨日的事情。"往事知多少？"他都记得，不曾忘记，不敢忘记。东风又一次吹过小楼，明月依旧人非昨，故国往事，终是不忍回忆。

那些雕栏玉砌应还在故国，只是落满了尘埃，许久无人清扫。曾有宫娥满庭满殿，只是如今故人朱颜尽改，或是沧桑，或是衰老，不似从前。

问君心中能有多少哀愁，恰似一江东流的春水，悠长深远，无边无际。

他的故国在江南，那里曾是："红日已高三丈透，金炉次第添香兽。红锦地衣随步皱。　佳人舞点金钗溜，酒恶时拈花蕊嗅。别殿遥闻箫鼓奏。"

无人愿为亡国之君，命运如此，何以救国？


四十二年前，农历七月初七，一个婴儿在金陵呱呱坠地，这是南唐皇帝李璟的第六子，生来一目重瞳。此貌虽被列作"帝王之相"，却并未为他带来殊荣，反而遭到太子李弘冀的猜忌。自古皇家少真情，手足相残，父子相杀，李煜实在不愿卷入皇位之争，便醉心诗文，专研音律，不问政事，过着闲云野鹤般的日子。

只可惜，天意弄人，李弘冀不幸英年早逝，李煜被立为太子，后登基为帝。那个至高无上的皇位，他从未想过拥有，却又阴差阳错不得不拥有。欲戴王冠，必承其重，他将如何挽救风雨飘摇的南唐？

为求安宁，他不惜自降身份，除去国号，将"南唐国主"改为"江南国主"，从此，再无南唐。

不过，这并未阻止宋军的入侵，千艘战船渡江而来，江南已是岌岌可危。李煜派遣使臣前去和谈，赵匡胤道："不须多言，江南亦有何罪？但天下一家，卧榻之侧，岂容他人鼾睡乎！"

此言一出，无异于将江南推入深渊。

终于，铁骑踏入江南的净土，美好瞬间湮灭，西风过，风沙寒，兵临城下，如何抗衡？倘若继续挣扎，只会牺牲更多无辜人的性命。

那夜，他提着宫灯，推开一扇扇宫门，走进殿宇，轻轻抚摩着旧物，回忆着歌舞升平的往事。旧年宫娥晓妆罢，临风而舞，对花而歌，一曲又一曲，声声入耳，化为绵绵的情意。此时，歌舞已休，仿佛还能听见悠扬婉转的琵琶余音，晚风袭过，明月尚在，故人不来。他垂下头，将宫灯吹灭，告别了江南的最后一夜。

次日，李煜肉袒出降，押解汴京，赵匡胤赦免其罪，封光禄大夫、违命侯。

何年何月，雨声潺潺，他做了一个很长很长的梦。梦中，回到了故国，满眼春风如旧，亭台笙歌未散，佳人一舞，倾国倾城倾天下，沉浸于片刻的欢愉，竟忘了自己是梦中人。

醒来，才知一场梦寐一场空，登高远望，汴京的灯火照亮了大街小巷，不禁轻叹："梦里不知身是客，一晌贪欢。"

此生，再也回不去了。


七月七日，宫娥怀抱琵琶，哀怨地唱出那首《虞美人》，字字血泪，如泣如诉，那曲中有故国之思，有亡国之痛，满堂闻之，无不哽咽。

"故国"二字，沉重，且难言。自入汴京，他如履薄冰，不敢动，不敢言，不知生命到底有何意义，春花秋月，何时方休。或许，只有魂归江南，才能万事皆了。

他倦了，累了，只想结束这绝望的余生。明知会触怒宋廷皇帝，还是写下了这首《虞美人》，命人传唱，至于后果，他自是一清二楚。

忽然，一群军士手持兵刃闯入庭院，琵琶弦断，酒洒罗裙，只见宫中内侍端着一杯酒，不急不缓地走到李煜面前，面无表情地道："圣上赐酒。"

赐酒？只怕是毒酒。

李煜双目平静地凝视着那杯酒，一切都如自己所料，他未能选择自己的生，至少选择了自己的死。后世会如何评说他？治国无方？纸醉金迷？忍辱偷生？这是他，也不是他。

他笑着饮下杯中美酒，那味道并非辛辣难咽。

而后，他独自走进房中，不许任何人打扰，默默地等待着毒发。

那毒名为牵机药，中毒之人将会全身抽搐，腰背反折，呼吸不畅，直至心力衰竭而死。那夜，他受尽痛苦，却没有发出一丝哀号，怕惊了旧臣，怕扰了月色。

凄凉中，他看到了美好的曾经。烟雨江南，似有故人撑伞而来，那故人道："重光，我们回家了。"

他伸出手，努力想抓住什么，却只抓住了一室烛光，那双手终是缓缓垂下，一动不动……

王朝兴衰，江山无万代，宋廷又岂能千秋？万千繁华终是梦，何时梦醒？何时梦寐？君不知，故国之上荒草生。

人间万事
何时了

# 浣溪沙

晏　殊

　　一曲新词酒一杯[1]，去年天气旧亭台[2]。夕阳西下几时回？

　　无可奈何花落去，似曾相识燕归来。小园香径[3]独徘徊。

---

1　此句化用白居易《长安道》："花枝缺处青楼开，艳歌一曲酒一杯。"一曲：一
　　首。酒一杯：一杯酒。
2　此句化用郑谷《和知己秋日伤怀》："流水歌声共不回，去年天气旧池台。"去
　　年天气：跟去年此日相同的天气。旧：旧时。
3　小园香径：花香飘拂的小路。

又是一年落花时节，旧时的庭院已失去往日的欢歌笑语，一位身着官服的年轻公子走在回廊间，观亭台楼阁，听流水潺潺，双目满溢着浓浓的哀愁。

冬去春来，物是人非，这里再也不是当年的晏家，自己也永远回不到那段无忧无虑的时光。

他拥有令人羡慕的仕途，令人敬仰的才华，上天给予了他幸福的开始，却未能恩赐他一个圆满的未来，终是万千繁华归于尘。

晏殊，字同叔，抚州临川（今江西进贤）人。出生之时，大宋开国已三十年，正是太平岁月，无战无乱，君明臣贤。他没有显赫的家世，更无文脉的传承，父亲晏固只是抚州的一个无名小吏，安守本分，平平度日。不过，小人物有小人物的梦想，晏固自知此生仕途渺茫，便将希望寄托在晏殊身上，盼着有朝一日，晏殊可以改变家族的命运。

幸而晏殊不负父亲的期望，五岁能作诗，七岁能属文，成为远近闻名的"神童"。晏殊的童年没有鲜衣怒马，有的只是读不完的四书五经。世间哪有什么天赋异禀之人，所谓天赋，都是日日夜夜努力的结果。

宋朝设童子科，亦称"童子举"，选拔各州各县的少年才子，中举的童子便是朝廷认可的"神童"。史料记载："十岁以下能背诵，挑试一经或两小经，则可以应补州县小学生；若能通五经以上，则可以州官荐入于朝廷，而必送中书省复试，中则可免解。"

晏殊永远忘不了十四岁那年，那是改变命运的一年。江南安抚张知白将他举荐给宋真宗，晏殊与全国各地数千名考生同时参加殿试。初见天颜，其他考生或是激动，或是紧张，或是胆怯，唯有少年晏殊淡定地完成了殿试。《宋史》这样描述："帝召殊与进士千余人并试廷中，殊神气不慑，援笔立成，帝嘉赏，赐同进士出身。"过了两日，复试诗、赋、论，晏殊审题之后，坦言道："臣尝私习此赋，请试他题。"

少年的真诚与沉稳打动了宋真宗，宋真宗先是爱其不欺，读过他的文章后，又赞其才华，授秘书省正事，留秘阁读书。皇帝对晏殊几乎到了偏爱的地步，第二年，便召试晏殊为中书，升迁为太常寺奉礼郎，虽是虚职，却可以享受朝廷俸禄。

晏家不止出了晏殊一位神童，晏殊的弟弟晏颖文采出众，少时，兄弟二人一同背书习文，手足情深，从无争吵。晏颖总是默默地跟在兄长身后，以兄长为荣。

宋真宗亦召见了晏颖，并将他留在了翰林院。后来，晏颖作《宫沼瑞莲赋》，真宗赐同进士出身，授其奉礼郎的官职。可谁也没想到，帝王的恩赐竟让晏颖的生命走向了终点。

史书上关于晏颖的记载少之又少，这位与晏殊齐名的神童仅在人间停留了十八年。来时，绚如烟火；去时，转瞬即逝。

《宋诗纪事》记载：

晏颖，临川人，丞相元献公之弟。童子时有声，真宗召试翰林院，赋宫沼瑞莲，赐出身，授奉礼郎。颖闻报，闭书室高卧。家人呼之不应，掊锁就视，则已蜕去，旁得书一纸云云。时年十八。

对于晏家来说，那是一个喜庆的日子。听闻授官之事，晏家上下顿感荣耀，唯有晏颖未露出半分喜色，他沉默地走入书房，反锁房门，许久不出。那一刻，晏殊已察觉到弟弟的不对劲，连忙叩门，一声声呼喊着，却没有得到回应。

家人破门而入，终是晚了一步，只见晏颖平静地躺在榻上，如睡着一般。晏殊颤抖地伸出手探向弟弟的鼻息，已没有一丝气息。

晏颖的离世太过突然，又太过平静，仿佛一场初雪，来得匆匆，走得无声。

案上放着一张宣纸，上面写了两首诗。一首写道："兄也错到底，犹夸将相才。世缘何日了，了却早归来。"另一首写道："江外三千里，人间十八年。此时谁复见，一鹤上辽天。"

这一年，晏殊二十一岁，晏颖十八岁。晏殊反复读着弟弟留下的诗，渐渐地，似乎读懂了什么。或许，弟弟本就厌倦官场纷争；或许，弟弟早已看破红尘俗世。总之，他选择离开这个让人又爱又恨的人间。他走得如此安详，是决绝，也是无奈。

晏颖的丧讯也传到了宫里，皇帝御篆"神仙晏颖"四字，赐给晏家，以此减轻晏家人的悲痛。世人称晏颖为"仙人"，认为他是羽化升仙。所有传奇的故事都禁不住推敲，晏颖到底为何而死？是病逝，还是自杀？这些终是成了谜团。也许，只有晏殊作为亲历者，才能明白其中的真相。

又是一年暖春，繁花满枝头，晏殊与三五好友于府中雅集，乐师弹奏新曲，众人举杯对酌，熟悉的画面，熟悉的笑声，仿佛回到了从前，只是，再也听不见那个十八岁少年的笑声。

一杯杯浊酒入喉，却解不了心中之愁。远方，夕阳西下，黄昏只留给大地最后一丝光芒，晏殊端起酒杯，沉声叹一句："一曲新词酒一杯，去年天气旧亭台。夕阳西下几时回？"

一曲新词，一杯美酒，天气依旧，亭台依旧，故人长离。夕阳向西而落，何时才能回来？

去年的这个时候，晏颖尚在，兄弟二人也曾在亭台中把酒言欢，畅谈彼此的抱负与理想。年少之人，总是怀揣着对未来的憧憬，又怎知前路漫漫，满是荆棘与坎坷？谁也不曾料到，一年之后，这亭台之上将再也听不见晏颖侃侃而谈的声音。

听，远处的新曲未停。

看，庭前的桃花已落。

花儿总要凋谢，春燕又要归来，这仿佛是一场宿命的轮回，令人无可奈何，却又似曾相识。日复一日，年复一年，生命的循环永不停息，谁也挡不住如箭的岁月，转眼间，一切已是物是人非。

当宾客散尽，满是花香的小径上，只剩下晏殊独自徘徊的身影，他拾起一片落花，黯然想到：如果有一日，终要离去……

伤春悲秋之时，总有人思索时间与生命的意义。这世间，有多少相聚与别离？纵然少年得志，却终是凡尘中人，免不了承受凡尘之苦。上天赐他锦绣前途，也生生夺去了他至亲的性命：二十一岁，弟弟过世；二十二岁，发妻李氏病逝；二十三岁，父亲亡故；数年之后，母亲也离世；三十余岁，续弦孟氏病逝。他的前半生几乎都在经历生离死别，悲痛从未停止。他将对生命的无奈写进词中，却又极力克制着情感，不愿表露太多。他的词中没有大悲大痛，却满是欲言又止的伤。

晏殊一生官运亨通，曾任秘书省正字、太常寺奉礼郎、太常寺丞、升王府记室参军、太子舍人、翰林学士、太子左庶子、右谏议大夫、给事中、礼部侍郎、知审官院、郊礼仪仗使、枢密副使、刑部侍郎、参知政事、尚书左丞、知州、刑部尚书、御史中丞、三司使、枢密使、同中书门下平章事、工部尚书、户部尚书、观文殿大学士等。"平步青云"四字用在晏殊身上再合适不过，他的人生从少年时便已改变。他是太平时期的太平宰相，皇帝、太后赏识他，同僚、下属羡慕他，是官场的赢家，也是真正的独行者。他少年入仕，如履薄冰，当同龄孩子在巷间嬉戏之时，他却要一步步走入朝堂，经历官场的尔虞我诈。"天将降大任于斯人也"，斯人啊，必要心如磐石，才能承受住曲终人散的孤独。

春去秋来，花开花落，双燕似曾相识，却早已不是旧时燕。

这一日，晏殊提笔写下一首《蝶恋花》：

槛菊愁烟兰泣露，罗幕轻寒，燕子双飞去。明月不谙离恨苦，斜光到晓穿朱户。

昨夜西风凋碧树，独上高楼，望尽天涯路。欲寄彩笺兼尺素，山长水阔知何处。

菊花罩着薄薄烟雾，这是散不去的愁绪；兰花沾着点点露珠，这是滴不尽的泪水。罗幕轻寒，燕子终是远去了，唯有不知离别之苦的明月依旧高悬着。月照朱户，此情此景，诗人心中又想起了何人？是英年早逝的弟弟，还是魂归黄泉的父母？又或是香消玉殒的红颜？

他独自走上高楼，望万家灯火，望河山万里，望天涯尽头，满目皆是怅惘。欲寄一封书信，奈何山高水阔，所思之人究竟在何处？所思之人，已是天人永隔。

汴京城内一片繁华，文人生在大宋，可游山川河流，可享盛世之乐。然而，又是谁在守护盛世的安宁？远处，晏相府中的灯火还未熄……

许多年后，晏殊过世，其子晏几道回忆父亲时，只言："先君平日小词虽多，未尝作妇人语也。"

春风归，高阁之上，又涌进了许许多多心怀家国的年轻臣子，他们偶尔会提起一位贤相——晏殊。他是百姓不会遗忘的存在。他不负朝廷，不负君王，不负自己。

那些年，那些事，纷纷扰扰，伤伤痛痛，转眼之间，已成昨日之梦。他是从容的，也是淡然的；是温和的，也是寂寞的，即便历经风霜，心中满是千疮百孔，他的眼中依旧是星辰大海，有期盼，有梦想。

塞上秋思
悲白发

# 渔家傲·秋思

范仲淹

塞[1]下秋来风景异，衡阳雁去[2]无留意。四面边声连角[3]起，千嶂[4]里，长烟落日孤城闭。

浊酒一杯家万里，燕然未勒[5]归无计。羌管悠悠霜满地，人不寐[6]，将军白发征夫泪。

---

1　塞：边界要塞之地，此处指西北边疆。
2　衡阳雁去：湖南衡阳城南有回雁峰，相传秋天北雁至此，不再南飞。
3　边声：边地特有的悲凉声音，如大风、号角、羌笛、马啸的声音。角：古代军中乐器，长五尺，形如竹筒。军中吹角用以表示昏晓。
4　千嶂：绵延而峻峭的山峰。
5　燕然未勒：指战事未平，功名未立。燕然：山名，即今蒙古国境内的杭爱山。勒：刻。据《后汉书·窦宪传》记载，东汉窦宪率兵追击匈奴单于，去塞三千余里，登燕然山，刻石勒功而还。
6　不寐：睡不着。

塞外，千里黄云，寒风如刃，茫茫夜色，征人望着天边的那轮明月，又哼起那首熟悉的家乡小调，一曲秋思歌，几分酸楚，几分悲凉。

为护一方安稳，千万将士数年未曾归家，金戈铁马入梦，不知归期。

这首词写于秋时，却不是写汴京的秋，而是写塞外的秋。"塞下秋来风景异"，到了塞外，才知边塞之秋与汴京之秋大不相同。

天边的大雁又飞回了衡阳，没有停留之意。雁归去，方知秋。征人望着远去的大雁，或许也曾心生羡慕，雁可南归，人却不可。

塞外之秋，没有东篱菊花，也无桂花飘香，只有西北特有的寒风声、马鸣声、羌笛声，军中号角响起，这些"边声"从四面八方随之而起，在空旷的原野上回荡，悲凉又豪迈。群山连绵，夕阳西下，长烟升腾，一座座城池紧闭城门。城虽"孤"，却有驻军守卫，也有百姓相伴。

他们并不孤独，天边有斜阳，城外有群山，若言遗憾，那就是不能归家。"浊酒一杯家万里"，将士们饮下一杯浊酒，不禁想起万里之外的亲人。征人何尝不思归！只是，战事未平，烽火未灭，尚不能早做归计。

远方，传来羌笛之声，那曲子悠扬婉转，既熟悉又陌生。征人听着此曲，不知不觉间，已是霜满地。秋，真的来了，今年的秋天格外凄凉。

夜深了，无人能寐，每个人的心中都藏着心事。营帐内，将军默默理着白发，感叹岁月无情。营帐外，士兵落下了眼泪，回想家人的叮咛。

这首词强调一个"思"字，而并非"怨"字。即便塞外苦寒，也没有一个人抱怨过国家、君主。他们皆知自己的使命，保家卫国，始终不渝。

词人范仲淹身为将军，以"将"的角度写"征人"，体谅他们的艰苦，更懂得他们的坚持。

这场战事因何而起？

数年前，党项族人李元昊称帝，建立西夏，此后，边塞再无安宁之日。李元昊屡屡率军滋扰大宋边境，三川口之战，西夏军大败宋兵，又集于延州城下，虎视眈眈，已有攻城之势。

康定元年（1040），边塞战事吃紧，宋仁宗重新部署将领，命范仲淹与韩琦出任陕西经略安抚副使。将军此去，抛下汴京繁华，从此，醉因葡萄美酒，醒时马革裹尸。

八月，范仲淹请知延州，到任后，更改军队旧制，精选将士，日夜操练，修筑青涧城和郦城，防御城池，谨慎应战。

这一年，范仲淹五十二岁。若说年老，仍能策马提枪；若说不老，已是鬓生白发。

范仲淹亲自培养了一批精锐军队，皇帝诏命此军为"康定军"，就是这支队伍，将十二座陈旧要塞改建为城，守住了一方安宁，使流离失所的难民回归旧土。他是百姓称颂的"将军"，也是有悲有喜的"凡人"，戍守边塞多年，何尝不思归！

明月依旧，壮士难归，谁不曾思念家乡！哪怕是身经百战的将领，也有伤感之时。多年来，他们坚守边疆，守住身后千万的大宋百姓，却辜负了家中的父母妻儿。此时，繁华的汴京城应是万家灯火，百姓阖家欢聚，而塞外的将士却只能守着孤灯到天明。

凄凉深秋，范仲淹走在荒无人烟的古道，忽又想起亡故多年的妻子李氏。当年，他贫贱之时，李氏不离不弃，整日粗茶淡饭，从未享过一日清福；而今，他得高官厚禄，李氏却已不在人世。每逢亡妻忌日，他远在塞外，无法亲自去坟前祭奠，只能望着明月，道一句："年年今夜，月华如练，长是人千里。"

他曾写过一首怀旧之词《苏幕遮》：

碧云天，黄叶地，秋色连波，波上寒烟翠。山映斜阳天接水，芳草无情，更在斜阳外。

黯乡魂，追旅思，夜夜除非，好梦留人睡。明月楼高休独倚，酒入愁肠，化作相思泪。

湛蓝晴空，碧云千里，枯萎的黄叶铺满大地。无边秋色与江波相连，波上笼罩着寒烟薄雾。山峰映着落日余晖，云天连接着大江流水。一派秋景，一派凄凉，无情的芳草，无边无际，已生长到斜阳照不到的远方。

天、地、江、山，由远及近，又从最近的"芳草"写到了"斜阳外"，芳草绵延，直至汴梁，直至故乡。何处无芳草？何处不逢秋？斜阳外，是他未能到达的故土，是他未能望见的秋光。那里的秋景如何？

斜阳映芳草，草木无情，人间有爱，有人的地方便有喜乐。

写景不难，难在写情。"黯乡魂，追旅思"，因思乡而黯然，因羁旅而惆怅，偏偏他又是将军，为了稳定军心，纵然心有愁苦，也不可同人说。

那位将军啊，不知承受了多少难以排遣的愁。夜夜如此，除非偶得美梦，才能留人入睡。梦中，他不必面对狼烟风沙，不必直视鲜血杀戮，他只是个俗人，盼着妻子下厨，煮一碗热气腾腾的野菜粥，只喝一口，便觉此生足矣。

当明月照高楼时，休要独倚栏杆。见明月，便思乡。他也许久不敢登高，不敢望月，怕太过悲伤，乱了军心。无人之时，他会独自坐在营帐中，将烛火熄灭，饮下一盏盏苦酒。酒入愁肠，化为相思之泪。

相思何人？那定是结发妻子。"酒入愁肠，化作相思泪"，终是不敢言，只能写入词中，却无人来和。

他有相思，亦有铁血。坚守不退，是唯一的信念。


战争连年，或胜或败，无论结果如何，受苦的人不仅是大宋百姓，还有被迫而战的羌人。在军事上，西夏国虽占了优势，可战争早已令西夏物资匮乏，伤敌一千，自损八百，以致怨声载道；加上西夏与契丹又生嫌隙，若契丹趁机攻打，西夏便处于危险境地，恐有亡国之忧。

庆历三年（1043），这场战争终于落下帷幕，李元昊主动请求议和，从此再不敢侵犯大宋领土。范仲淹下令善待前来归附的各部羌人，并信任不疑。

鸿雁徘徊在辽阔的原野上，远方又响起了悠悠羌笛曲，那声音终于不再悲伤，而是充满欢喜。夜幕降临，将士们生起篝火，举杯同庆这来之不易的安宁。

酒醉后，有位军士问范仲淹："将军，如今战事已休，有何打算？"

范仲淹望着北方的月光，答道："归京。"

几日前，他便收到了皇帝的诏令，命他速速归京。如今，四海太平，也到了归京之时。将士们虽有不舍，却也知道范仲淹不可能永远留在这里，他有宰辅之才，日后的大宋江山将由他守护。

"昔我往矣，杨柳依依。今我来思，雨雪霏霏。"一别多年，不知汴京城今夕何夕，不知君臣可还安好。

归途，见山河无恙，见百姓安康，便觉白发又何妨，老矣又何惧！范仲淹依旧是当年的范仲淹，绝不会随着时光而堕落。

将军归来之时，一如往昔风华。

他缓缓走过宫巷，遥望前方，还有更长的路，恰如人生，恰如仕途。此后，他将在这里继续建功立业，无论是成是败，皆初心不变。庙堂之高，则忧其民；江湖之远，则忧其君。

大宋之臣，身在何处并不重要，重要的是心系天下万民。

道似无情
却有情

# 西江月

司马光

宝髻[1]松松挽就，铅华[2]淡淡妆成。青烟翠雾罩轻盈[3]，飞絮游丝无定。

相见争如[4]不见，有情何似无情。笙歌散后酒初醒，深院月斜人静。

---

1　宝髻：妇女头上带有珍贵饰品的发髻。
2　铅华：铅粉、脂粉。
3　青烟翠雾：形容珠翠冠的盛饰。轻盈：指女子轻盈的体态。
4　争如：怎如，倒不如。

大多数人对司马光的记忆少不了那篇《司马光砸缸》的课文，故事中的少年冷静、智慧、果断。也许，那个时候他就已是与众不同的存在，许多年后，依旧如此。

司马光生于光州光山（今河南信阳光山县），父亲司马池任光山县县令，便以"光"字为其名。他六岁读书，七岁诵文，言谈举止似成人，得到不少大臣的赏识。二十岁那年，参加会试，中进士，从此平步青云。

在人生最灿烂的时刻，他遇见了那位女子，并写下了这首《西江月》。

那是一次宴会，席上之人皆是京中权贵，丝竹管弦，轻歌曼舞，一室脂粉香。司马光静静地坐在角落，不喜言谈，不喜敬酒，望着眼前的一切，如同局外人。这种宴会无非是饮美酒，品佳肴，赏美人，索然无趣。此时，他心中已有一丝后悔，早知如此格格不入，便不该来。

忽然，一个轻盈的身影闯进了他的视线，那女子绾了松松的髻，化了淡淡的妆，眉宇间透着几分慵懒。她是一位舞姬，却不浓妆艳抹。有人喜欢朱砂痣，就有人喜欢白月光，这女子便是此夜的白月光，撩拨着宾客的心弦。

月色如水，女子翩然起舞，青烟翠雾般的衣衫，柳絮游丝般的舞姿。

人们对于美的事情从来不拒绝，恰如此刻，多少人觉得自己遇见了爱情，恨不得立即带着她远赴天涯。在座之人皆为之着迷，唯有司马光一人保持着清醒与冷静。

他仅投去欣赏的目光，用世间最美的词来形容她："宝髻松松挽就，铅华淡淡妆成。青烟翠雾罩轻盈，飞絮游丝无定。"

她的发髻、她的妆容、她的罗衣、她的舞姿，哪一样不是倾国倾城？若她不是舞姬，或许，他们会有未来。可惜，她的出身并不光彩，一个舞姬，卑微又渺小，命如草芥，遭人厌弃。

司马家是书香世家，绝不会允许勾栏瓦舍之人入府，这样的女子，甚至没有资格成为司马家的妾。他只能轻叹一句："相见争如不见，有情何似无情。"

相见不如不见，多情不如无情。今夜，固然美好，却不如没有美好。他宁愿没遇见她，也不愿遇见了又要忍痛舍弃。他不忍去招惹她，怕沾染一身桃花债，更怕情难自控，勾起剪不断的相思情。多情的人那么多，最后大都成了薄情之人，与其多情，不如无情。没有开始，便不会有结束。

那一夜，他没有挽起她的手，没有同她说一句话，甚至，都不曾知道她的姓名。

当喧嚣过后，笙歌散尽，醉酒初醒，一切又回到了原点。庭院深深，明月斜挂，四周一片宁静。词人孤独地站在院中，回想起女子的舞姿，只觉得如梦似幻，太美，美到无法拥有。

他愿意用世间最美的词来赞美她，却不愿意娶她进门。后来，人们偶尔会提起那位女子，谈论起这首《西江月》，闻之，司马光只是一笑而过，淡淡地道："都是年少无知。"

一个冷静的人该多么懂得克制，哪怕是面对爱情，依旧当断则断。他可曾想起那个女子，可曾有过遗憾？他又是如何将悲伤化解的？

多年后，尚书张存有意将女儿许配给司马光，司马光自是答应，明媒正娶，迎张氏过门。这才是属于司马光的爱情，从此之后，一生一世一双人。

二人成婚三十多年，张氏无所出，司马光也未曾有过纳妾的想法。相传，张氏曾偷偷买下一名女子，有意安置在家中。那女子为了引起司马光的注意，问司马光："中丞是个什么书？"司马光严肃地道："中丞是官职，是尚书。"女子见司马光如此冷漠，便也不再纠缠。后来，张氏又选了相貌清秀的丫鬟，送去司马光房中，这次，彻底惹怒了司马光，他怒声道："夫人不在，你来见我作甚！"此后，张氏便断了为他纳妾的想法，二人收养了一个孩子，名为司马康。

司马光与张氏相守一生，未曾纳妾，在那个时代，是爱情最珍贵的样子。也许，他也遇到过白月光般的女子，只不过，他克制了内心的冲动，弱水三千，取一瓢足矣。对待爱情，对待婚姻，本应有一颗真诚的心，他这样要求自己，也这样要求别人。

宋仁宗年间，李玮迎娶福康公主，公主厌恶驸马，便与内侍梁怀吉等人深夜饮酒，李玮母亲杨氏于另一室偷看，公主发现后怒斥杨氏以下犯上，并动手殴打杨氏。事后，公主连夜跑回皇宫，夜叩宫门，向宋仁宗哭诉委屈。次日，群臣得知公主夜叩皇宫禁门，纷纷上谏，宋仁宗迫于压力，只能将看守宫门的官员治罪，又将公主送回驸马府。福康公主不肯日日面对不爱之人，精神几近崩溃。公主与内侍的流言蜚语已经传遍京城，司马光先后上书《论公主内宅状》及《正家札子》，逼迫宋仁宗惩戒公主。宋仁宗无奈，只能褫夺兖国公主的封号，降为沂国公主，内侍梁怀吉发配洛阳扫皇陵，驸马贬知卫州。

内侍何错？公主何错？驸马何错？他们只是在错的时间爱上了错的人，谁也没有错，谁也没有罪。在这件事情上，司马光身为臣子，只考虑了法，未考虑到情，他也没有错。只怪他活得太过清醒，哪怕知道爱情无罪，也要求人们恪守礼法，哪怕是公主，也不例外。

他甚至希望每个人都能如他一般，真真正正做到"相见争如不见，有情何似无情"。

每个人都在负重前行，欲戴王冠，必承其重，怎么爱，如何爱，都由自己选择，代价亦由自己承担。

爱情，从来没有对错。

莺莺燕燕 一场梦

# 千秋岁

张　先

　　数声鶗鴂[1]，又报芳菲[2]歇。惜春更把残红折。雨轻风色暴，梅子青时节。永丰柳[3]，无人尽日花飞雪[4]。

　　莫把幺弦[5]拨，怨极弦能说。天不老，情难绝。心似双丝网，中有千千结。夜过也，东窗未白凝残月[6]。

1　鶗鴂（tí jué）：鸟名，亦作"鹈鴂"，即子规、杜鹃。

2　芳菲：花草繁茂芬芳，亦指春时光景。

3　永丰柳：泛指园柳。此句化用白居易《杨柳枝词》："永丰西角荒园里，尽日无人属阿谁。"永丰：永丰坊，位于洛阳。

4　花飞雪：指柳絮。一作"飞花雪"。

5　幺弦：琵琶的第四弦，各弦中最细，故称。常用以代指琵琶。

6　凝残月：一作"孤灯灭"。

若得一首情诗，你能辨清哪句是真情，哪句是假意？

春闺中的女子不经世事，大都会被情深的文字所打动，信了那些文人浪子的誓言，殊不知，甜言蜜语皆是逢场作戏，红尘千丈，男男女女，爱恨一场梦，那些海誓山盟终会化作昨日月光。

张先，字子野，乌程（今浙江湖州）人，于天圣八年（1030）中进士，官运顺遂，一生富贵，时常流连于秦楼楚馆，一诗一酒一美人，好生风流。

《千秋岁》应是写给一个女子，至于是何身份，已无法考究，只能猜测，这是他众多红颜知己中的一位，写下这首词时，他们正坠入爱河。

鹧鸪，即杜鹃，也称子规。古有"望帝啼鹃"的传说。相传，周朝末年，蜀地一位君主名为杜宇，治水立下大功，待四方安稳后禅位给臣子，自己则隐居于西山，不问世事，死后化为杜鹃鸟，春时昼夜不停啼叫，其声凄切悲凉，直到口吐鲜血方休。南唐诗人成彦雄曾写："杜鹃花与鸟，怨艳两何赊。疑是口中血，滴成枝上花。"

词中出现"杜鹃"二字，往往是一段悲伤故事的开始。"数声鹧鸪，又报芳菲歇。"杜鹃悲啼数声，声声入耳，仿佛在告诉世人：春已去，万物歇。

美好的春光总是如此短暂，惜春之人该何去何从？词中人只能"惜春更把残红折"，将那残花折下，想要留住最后一缕春。

只可惜，残红飞逝，梅子青时，偏被风雨摧残，只留永丰坊的残柳，在空无一人的园中独自摇曳，飞絮如雪，不知飘向何处。

永丰柳，唐时洛阳永丰坊西南角荒园中的一株柳树，白居易曾作《杨柳枝词》："一树春风千万枝，嫩于金色软于丝。永丰西角荒园里，尽日无人属阿谁。"

白居易以垂柳喻家妓小蛮，怜其无依无靠。张先的词中用到"永丰柳"一词，或可猜测，词中的女子亦是青楼女子，出身低微，一次偶然的机会，结识了张先，二人也曾有过一段感情，只是遭到了阻拦，所以才会有"雨轻风色暴，梅子青时节"之句。

那女子轻轻拨动琵琶的第四弦，他劝道："莫把幺弦拨，怨极弦能说。"

意思是：莫要拨动琵琶弦，我心中的哀伤，琴弦已难倾泻。

他想告诉她，自己也是受害者，他也有怨、有恨，也同样无处诉说。

那夜，他承诺："天不老，情难绝。"

"心似双丝网，中有千千结"，将一颗心比作双丝网，满是千千万万的结。"丝"与"思"是谐音，词人在编织一张情网，千千万万的相思结，将二人的感情牢牢牵扯，"剪不断，理还乱"。

良宵已去，东方未白，一轮残月犹在夜空中。

待到天亮之时，终要分离。

这场爱情是无果的，终有一个人要离去。离去之人会是谁？我想，应是张先吧！毕竟，他有锦绣前程，何苦为了一个女子，毁了自己的大好仕途。

只是，他的心一时半刻无法放下，出于愧疚，出于同情，他写下了这首词，为这段恋情画上一个残忍的句号。

张先的经历真真应了那句话：人不风流枉少年。相传，他年轻之时，便与尼姑庵的小尼姑幽会，事发之后，庵中老尼将小尼姑关进了一处孤岛的阁楼，四面环湖，若要相见，须得划船而去。为了约见佳人，张先竟深夜划船登岛，小尼姑偷偷放下梯子，与其私会。临别，张先赠词《一丛花》：

伤高怀远几时穷？无物似情浓。离愁正引千丝乱，更东陌、飞絮蒙蒙。嘶骑渐遥，征尘不断，何处认郎踪？

双鸳池沼水溶溶，南北小桡通。梯横画阁黄昏后，又还是、斜月帘栊。沉恨细思，不如桃杏，犹解嫁东风。

词中所写之人正是那个独处阁楼的女子，张先写出了她的相思，她的忧愁，她的深情。这首词传遍大街小巷，所有人都知道了这桩风流韵事，一时之间，成了别人茶余饭后的笑柄。男子风流成性，自可坦然抽身而去，只留下女子独自承受嘲讽。

从骨子里溢出的风流滥情，着实让人有些厌恶，偏偏这样的人，写得一手好词，花言巧语，不知骗了多少女子的芳心。

八十高龄时，张先仍纳十八岁的女子为妾，还满怀春风地作诗："我年八十卿十八，卿是红颜我白发。与卿颠倒本同庚，只隔中间一花甲。"

宋代佚名《戏赠张先》调侃道："十八新娘八十郎，苍苍白发对红妆。鸳鸯被里成双夜，一树梨花压海棠。"

苏轼也作了一首《张子野年八十五尚闻买妾述古令作诗》："锦里先生自笑狂，莫欺九尺鬓眉苍。诗人老去莺莺在，公子归来燕燕忙。柱下相君犹有齿，江南刺史已无肠。平生谬作安昌客，略遣彭宣到后堂。"

这些"莺莺燕燕"来来去去，着实忙坏了年迈的张先，今日为这个写词，明日为那个赋诗，笔下全是诗、酒、美人。杭州营妓龙靓迟迟等不到张先的词，便写了一首诗索词："天与群芳千样葩，独无颜色不堪夸。牡丹芍药人题遍，自分身如鼓子花。"张先哪里舍得让佳人受委屈，立即回赠一首《望江南》：

青楼宴，靓女荐瑶杯。一曲白云江月满，际天拖练夜潮来。人物误瑶台。

醺醺酒，拂拂上双腮。媚脸已非朱淡粉，香红全胜雪笼梅。标格外尘埃。

字字深情，又字字薄情。这首词，他可写给这个她，也可写给那个她。在他眼中，那些"她"不过是人生路上的过客，不需要记得名字的陌生人。

不可否认，张先的确是一个才子，其词与柳永齐名，在词坛也享有一定盛名。只是，他的词太过华丽，就像一盒胭脂撒在了地上，浓郁的香气总也散不去，初闻觉得沁人心脾，久了，便熏得人头昏脑涨。正如那些甜言蜜语，说得多了，听的人也会觉得腻味。

这样的人，可曾爱过？可曾动过真情？

应该是没有吧！这样的人，最是自私。

一朝天子
一朝臣

# 玉楼春[1]

钱惟演

城上风光莺语乱[2]，城下烟波春拍岸。绿杨芳草几时休[3]，泪眼愁肠先已断。

情怀渐觉成衰晚，鸾镜[4]朱颜惊暗换。昔年多病厌芳尊[5]，今日芳尊惟恐浅。

---

1 玉楼春：词牌名。一作"木兰花"。
2 莺语：黄鹂婉转的鸣叫声。乱：嘈杂。
3 休：衰败，凋落。
4 鸾镜：镜子。《异苑》："鸾睹镜中影则悲。"故诗词中多以鸾镜表示临镜而生悲。鸾：传说中凤凰一类的鸟。
5 芳尊：酒杯的美称，亦指美酒。尊：同"樽"，酒杯。

这首词写于一个特殊的年代——北宋初年。那些年，朝堂、宫廷发生了许多变故，后世也将其改成戏文，一桩桩、一件件搬上了戏台。

若你喜欢听戏，大概听过戏台上咿咿呀呀地唱着《狸猫换太子》，那故事一波三折：宋真宗时期，刘妃与李妃同时怀有身孕，刘妃与内监郭槐勾结，以剥皮狸猫暗中调换了李妃所生之子。刘妃命宫人勒死那个婴儿，宫人不忍，便将孩子交由八贤王抚养。李妃则因产下"妖怪"，被宋真宗打入冷宫。而刘妃所生之子于六年后病夭，真宗膝下无子，便将八贤王之子收为义子，立为太子（正是当年被换走的婴儿）。宋真宗驾崩后，皇子即位，成为后来的宋仁宗。包拯奉旨赴陈州查案，途中，得知当年冤案，揭开其中阴谋，迎李妃还朝。

戏本终是戏本，真真假假，假假真真，久而久之，人们也不愿去追寻历史的真相。历史本就复杂，朝堂暗潮汹涌，后宫风云不止，牵扯无数臣子的性命与前途。除却站在权力巅峰的那几个人，其他人皆是蜉蝣。

此词作者钱惟演并非贤臣，却也不是奸佞，他是久经官场的老臣，见风使舵，急功近利，可以为生存而不择手段，可以为仕途而阿谀奉承，活得可怜，却又如此可恨。

他一生的起起落落，与一个女子有关，与一个时代有关。

刘妃，名为刘娥，出生不久，便父母双亡，沦为孤女，为了生存，不得不投靠母亲的娘家，寄人篱下，尝尽世间冷暖，年纪尚小，便嫁给蜀地一位名为龚美的银匠。龚美带她来到繁华的京师谋生，却因生活贫困，将她卖掉。幸而，刘娥遇到了贵人张耆。张耆乃是三皇子韩王赵恒的指挥使，他将刘娥送入了王府。刘娥深得赵恒宠爱。宋太宗驾崩后，赵恒即位，即宋真宗，立太原郭氏为皇后，封刘娥为美人。刘娥入宫后，安守本分，从不争宠，与后宫嫔妃情同姐妹，并且认前夫龚美为兄，龚美遂改姓为刘。

此时，钱惟演已入朝为官多年，博学多才，善作文章，深得宋真宗赏识，一路高升，虽因过错而被撤职，但不久后又官复原职，未曾经历过什么坎坷。

直到，后宫乱了。谁也不曾想到，那个平平无奇的刘妃竟开始搅弄风云。景德四年（1007），郭皇后宾天，宋真宗欲立刘娥为后，遭到寇准、赵安仁等人的反对，刘娥与寇准之间的仇恨，就在这一刻结下了。大臣们一番上奏，立后之事不了了之。直到有一日，宋真宗临幸了刘娥的贴身侍女李氏，并生下一子，名为赵受益（后立为宋仁宗）。此乃"借腹生子"之计，宋真宗对外宣称孩子是刘娥所生，遂立刘娥为皇后。

刘娥身为皇后，时常陪伴宋真宗处理国事，对天下大事了然于胸。对刘娥来说，这一日，来得太迟了，归根结底，都是寇准的错。女子的恨一旦埋下，便再难消除，她开始暗中拉拢权臣丁谓等人，等待时机，试图将寇准置于死地。

宋真宗病重之时，刘娥把持朝政，重用丁谓。倘若权力的斗争是一场赌局，钱惟演意识到，已经到了下注的时候。他虽为官多年，一时之间，却也难以预料谁输谁赢。最终，钱惟演将前程、性命押在了丁谓一党身上，与他结为姻亲，一同排挤寇准。

宋真宗听闻朝堂之事，唯恐牝鸡司晨，败坏朝纲，便暗中召见寇准，商议太子监国之事，谁料事情败露，寇准遭刘娥、丁谓等人构陷，被罢相贬谪，丁谓上位，成为宰相。

钱惟演暗暗庆幸自己赌赢了，将来的天下，应属于他们这些拥护刘娥的臣子。

宋真宗驾崩后，刘娥之子即位，宰相丁谓有意架空刘娥，独掌政权，刘娥自然不肯舍弃权力，暗中搜寻丁谓的罪证。乾兴元年（1022）六月，承明殿上，刘娥召见群臣，将丁谓的罪行公之于众，钱惟演见丁谓大势已去，为求自保，当即斥责丁谓，与他撇清关系。

丁谓被罢免后，刘娥临朝听政，祭祀大典身着帝王衮服，已不再掩饰野心。这天下已然姓"刘"不姓"赵"。钱惟演心生一计，将妹妹嫁给刘娥之兄刘美，成为刘娥的亲家；又让自己的儿子娶了郭皇后的妹妹。两场联姻，成功挽回了他在朝堂的地位。只是，他千算万算，终是算错了一步，人生百岁，生老病死，哪怕是太后也难逃宿命。明道二年（1033），刘娥忽染重病，宋仁宗掌权，寇准等人官复原职，丁谓从贬黜之地内迁。

不日，刘娥病逝，一直称病不朝的八王爷赵元俨道出真相："刘后非陛下生母，陛下生母乃是李宸妃。李妃死因不明，恐被人所害。"宋仁宗得知生母至死不敢与自己相认，心痛不已，下令包围刘氏一族府邸，又派人去察看生母灵柩，尸身完好，并非被人所害。宋仁宗将生

母以皇后之礼下葬后，因知晓人言不可轻信，便昭告天下，不得对刘太后之事妄加议论。

刘娥过世，刘氏亲眷的地位一落千丈，宋仁宗担忧外戚干政，有意肃清刘氏党羽，钱惟演自是在劫难逃，机关算尽太聪明，终是误了仕途。

这一次，终于轮到钱惟演被贬，满朝文武，已无一人替他求情。不久，其子钱暧也被罢官，钱氏一族再难立足朝堂。

明道二年九月，钱惟演离开了汴京，谪迁汉东，将在那里度过余生。人生落寞时，他心中万般懊悔，不禁想到自己最初的梦想。那时候，年少有为，他怀着凌云壮志走入朝堂，却在暗潮汹涌的宫廷斗争中，迷失了方向，离最初的梦越来越远……

时光如水，转眼间，已到垂暮之年。

那年，汉东又逢春，春暖花开时，钱惟演望着汴京的方向，提笔写下这首《玉楼春》，多年悔恨尽在一字一句中。

"城上风光莺语乱，城下烟波春拍岸。"汉东，便是湖北随州，城上风光正好，莺语啼啼，城下碧波荡漾，春水拍岸。人间花开时，本该欢喜，词人却叹："绿杨芳草几时休。"

这"绿杨芳草"何时衰败？悲观之人，喜散不喜聚，喜冷不喜闹，最怕喧闹过后的冷清，最怕花开之后的凋零。此时，面对一派春景，钱惟演已是眼中含泪，愁肠寸断。

下阕四句应是这位老人最为真实的感叹。"情怀渐觉成衰晚"，这是在写他美好的情怀的衰消，从政生涯随着刘太后的死亡而结束，从荣耀处猛然跌落，再难翻身。人到晚年，回首往事，更觉痛心。下一句"鸾镜朱颜惊暗换",满是无可奈何,面对鸾镜而惊,朱颜易老,早已不是当年的少年郎。若是再年轻十岁,他或许还可以争一争、斗一斗,只是,如今的他,已是满鬓白发的老人,再无精力重返朝堂。

他老了,斗了一生,赌了一生,终是老了。哪怕是曾经的仇人,瞧见此刻的他,也会心生怜悯。一个老人,掀不起什么风浪,只能在悔恨与落寞中度过最后的岁月。

"昔年多病厌芳尊,今日芳尊惟恐浅。"昔日曾因多病不愿举杯饮酒,如今却唯恐酒杯不满。遥想当年,他位高权重之时,多少人举杯敬酒,他也不愿饮下;如今,世态炎凉,已无人再将芳樽斟满。

人生,时刻都在选择,到最后才发现,怎么选都是错,怎么选都会后悔,只能叹一句:"为时已晚。"

一年后,钱惟演去世。宋仁宗赠其谥号"文墨"。《谥法》载:"敏而好学称为文,贪而被撤职称为墨。"若真得此谥号,便是一生的污点。钱氏族人不忍亡者名誉尽毁,便屡屡上诉。因为钱惟演虽有劣迹,却并未贪污,暮年更是悔恨从前,改过自新,宋仁宗于是命人重定谥号,根据《谥法》"追悔前过曰思"一条改谥为"思",后又改谥为"文僖"。

一代代旧人逝去,一代代新人登科。

朝堂的风雨从未停歇……

谁道飘零
不可怜

# 八声甘州

柳 永


对潇潇[1]暮雨洒江天，一番洗清秋。渐霜风凄紧[2]，关河[3]冷落，残照当[4]楼。是处红衰翠减[5]，苒苒物华[6]休。惟有长江水，无语东流。

不忍登高临远，望故乡渺邈，归思难收。叹年来踪迹，何事苦淹留[7]。想佳人妆楼颙望[8]，误几回、天际识归舟[9]。争知[10]我，倚栏杆处[11]，正恁凝愁[12]！

1 潇潇：下雨声，形容雨势急骤的样子。
2 霜风：秋风，刺骨的风。凄紧：寒意逼人。一作"凄惨"。
3 关河：关塞、河川，此处泛指山河。
4 残照：夕阳的余晖。当：对。
5 是处：到处、处处。红衰翠减：花叶凋零，形容秋天百花凋零的景象。
6 苒苒：通"冉冉"，渐渐地。物华：美好的景物。
7 何事：为什么。淹留：长期停留。
8 妆楼：指闺阁。颙（yóng）望：抬头凝望。一作"长望"。
9 此句借用谢朓《之宣城郡出新林浦向板桥》："天际识归舟，云中辨江树。"天际：指目力所能达到的极远之处。
10 争知：怎知。
11 处：此处表示时间，即"倚栏杆时"。
12 恁（nèn）：如此、这么。凝愁：凝结不解的深愁。

清秋时节，潇潇暮雨，人间透着刺骨的凉。此时，柳永身在渭南，远离故乡，孤身一人漂泊在外，他不肯回去，也不愿回去。

年少时选择了一条路，无论是否崎岖，都要笑着走下去。

可是，总有一日，人会感到疲惫，感到懊悔，会忍不住道一句："想家了。"

回想年少之时，何其风光！柳家世代为官，父亲柳宜任全州通判，后又调往扬州，柳永一路跟随，学习父亲的为人处世。那时候，父亲就是他的光。十四岁那年，柳永游览名胜中峰寺，作《题中峰寺》：

攀萝蹑石落崔嵬，千万峰中梵室开。
僧向半空为世界，眼看平地起风雷。
猿偷晓果升松去，竹逗清流入槛来。
旬月经游殊不厌，欲归回首更迟回。

他是声名在外的少年才子，挥笔成诗，若无意外，日后必将金榜题名。咸平五年（1002），柳永进京参加考试，途经杭州，见江南繁华，美人如画，一时竟不愿离去，索性放弃前程，醉心于秦楼楚馆。他以为，人生漫长，偶尔倦怠片刻，倒也无妨，毕竟他风华正茂，留给自己的时间还很多。

几年后，他离开杭州，入扬州后又一次"堕落"，终日饮酒作乐，度过了一段纸醉金迷的日子。直到大中祥符元年（1008），才入汴京，在京都风情中更难自拔，终日作词赋诗，早已将科考抛之脑后。

科考在即，众考生忙于苦读之时，柳永还迷恋于汴京城的美酒佳肴，写下不少奢靡华丽之词，且自信地以为必然金榜有名，怎料宋真宗厌恶其词，并评"属辞浮靡"，柳永初试落第，受了不小的打击。第二次科考，柳永认真对待，却还是落第；第三次科考，依旧落第。显然，宋真宗一朝，柳永已无机会入仕。

对于一个出身于官宦世家的才子来说，三次落第实在愧对列祖列宗。年轻气盛的柳永怎能甘心，酒醉之后，大笔一挥，满怀怨气地作了一首《鹤冲天》：

黄金榜上，偶失龙头望。明代暂遗贤，如何向。未遂风云便，争不恣狂荡。何须论得丧。才子词人，自是白衣卿相。

烟花巷陌，依约丹青屏障。幸有意中人，堪寻访。且恁偎红倚翠，风流事、平生畅。青春都一饷。忍把浮名，换了浅斟低唱。

这首词大概的意思是：君王错失了贤才，贤才何必患得患失？不如随心漫游，即使身着白衣，也不逊于公卿将相，只愿将功名前程换成一杯酒、一首歌。

到底是青春年少，藏不住心中的失意、高傲与抱怨，这首词瞬间传遍京城，算是彻彻底底地得罪了皇帝，繁华的汴京城再无他的容身之处。汴京城，本是梦想开始的地方，竟成了伤心地。

柳永只能离京而去，一路南下，开始了羁旅生活。他任由灵魂跌入尘埃，沉溺于烟花巷柳，为歌伎作词，供她们在青楼浅唱；落魄之时，歌伎也会接济他。渐渐地，他习惯了这种生活，喧喧嚷嚷，浑浑噩噩，消耗着青春与梦想。骨子里忘不了功名，又不舍世俗情爱，只能活在矛盾中，越陷越深。

夜深人静之时，望着月华如水，也会觉得孤寂、悔恨。可是，第二日，他又醉倒在美人怀中，笑着吟道："衣带渐宽终不悔，为伊消得人憔悴。"

虚度数年，早已厌倦了，他却无法回头。有时候，明知是错，却宁愿一错到底；后悔了，便一醉断愁肠，将悲伤寄明月。

于是，便有了这首《八声甘州》。

词的上阕是写景，景中无人，景中无声。

他一次次伫立江边，望着潇潇暮雨，一番秋雨洗涤清秋。渐渐地，雨停了，云散了，秋风却未停，袭过江边，满是凄凉。山河冷落，一缕残阳照江楼，目之所及皆是残花衰叶，曾经美好的万物此刻皆休，唯有长江水默默东流。

一江春水承载了词人多少遗憾，韶华易逝，万物皆休，江水依旧不歇。江水流向何处？江水流入故里。

"不忍登高临远，望故乡渺邈，归思难收。"他不忍登高远眺，故乡远在千里，望而不见，徒添忧伤，更怕一颗思乡归家的心难以抑制。这些年，他独自流浪奔波，没有终点，没有归途，究竟为何苦苦四处停留？

世人皆道逍遥好，却不知逍遥之人的寂寞。柳永遇见那么多女子，或是倾国倾城，或是才华横溢，或是一往情深，却无一人让他为之停留。

"妆楼颙望，误几回、天际识归舟"，写的是一位女子。那是他牵挂的女子。他总会想起汴京城的那位佳人，一别经年，那佳人一定日日登楼远望，将岸边的一舟误认为他的归舟。

他也曾有过深爱的人，却又不敢许下承诺。当年，他离开汴京时，曾写下一首千古伤心词《雨霖铃》：

寒蝉凄切，对长亭晚，骤雨初歇。都门帐饮无绪，留恋处，兰舟催发。执手相看泪眼，竟无语凝噎。念去去，千里烟波，暮霭沉沉楚天阔。

多情自古伤离别，更那堪，冷落清秋节！今宵酒醒何处？杨柳岸，晓风残月。此去经年，应是良辰好景虚设。便纵有千种风情，更与何人说。

一样的清秋，一样的冷雨，只是，一首是写离别，一首是写思念。当年"执手相看"的人，如今已要"妆楼颙望"，真真应了那句词："此去经年，应是良辰好景虚设。便纵有千种风情，更与何人说。"

这一别，可知他此时正"倚栏杆处，正恁凝愁"，没有良辰，没有风情，有的只是无尽的喧嚣，以及喧嚣过后的迷茫。即使他整日饮酒麻痹自己，心中却还是舍不下功名，对一个文人来说，科举是证明自己才学的唯一正路，偏偏他亲手断了自己的路。他漂泊于江湖，天下之大，落脚之处皆为家，可是，他的家人呢？他心中的光呢？大概，已随着时间而逝去了。

当年的一句"白衣卿相"，说得云淡风轻，如今想来，皆是年少无知。

往事一幕幕，不忍回首。

如果当时，没有眠花宿柳；

如果当时，没有写下那句"才子词人，自是白衣卿相"；

如果当时，没有……

没有，没有如果。

『鸳鸯』二一
字如何书

# 南歌子

欧阳修

    凤髻金泥带[1]，龙纹玉掌梳[2]。走来窗下笑相扶，爱道画眉深浅、入时无[3]？

    弄笔偎人久，描花[4]试手初。等闲[5]妨了绣功夫，笑问双鸳鸯字、怎生书[6]？

---

1   凤髻：中国古代妇女发式，状如凤凰。金泥带：饰有金色花边的发带。
2   龙纹玉掌梳：梳背刻有龙纹、大小如掌的玉梳。
3   此句借用朱庆馀《近试上张水部》："洞房昨夜停红烛，待晓堂前拜舅姑。妆罢低声问夫婿，画眉深浅入时无？"入时无：赶得上时兴式样吗？
4   描花：依照花样描摹。
5   等闲：轻易、随便；无端、平白地。
6   怎生：怎样。书：写。

汴京城，清风和煦，落英如雪，又是金榜题名时，士子们争看皇榜，仔细地寻找着自己的名字。

棠梨树下，一位青衫书生静静伫立，胸有成竹，并不急于知晓结果。直到所有人散去，他才缓步走过去，在"第二甲赐进士及第"找到了自己的名字：第十四名，欧阳修。

正所谓："满朝朱紫贵，尽是读书人。"

自唐代开始，便有"榜下择婿"之风，官宦之家通常择及第的士子为婿。到了宋代，朝中高官更愿在新科进士中选婿，他们不问年龄，不问出身，不问人品，只求结为秦晋之好，日后两个家族能同进同退。宋代朱彧所作的《萍洲可谈》中记载："本朝贵人家选婿，于科场年，择过省士人，不问阴阳吉凶及其家世，谓之'榜下捉婿'。"

欧阳修只在这里站了片刻，便有人走过来，含笑道："恭贺公子！不知公子可有娶妻，吾有一女，花容月貌，不知可能成就姻缘。"

他礼貌地拒绝道："先生错爱，吾已有心悦之人。"

那人连叹三声"可惜"，目送着欧阳修的背影远去，如此青年才俊，不知是谁家的东床快婿。

胥府，丫鬟疾步穿过回廊，来到小姐的闺房，笑逐颜开地道："姑娘，大喜！欧阳公子位列二甲进士。"

胥家千金缓缓放下书卷，毕竟是沉稳的大家闺秀，即便心中欢喜，也不可太过张扬。更何况，对于此事，她心里尚有疑惑。

她轻叹："以他之才，不该仅位列二甲。"

丫鬟答道："听闻公子锋芒过露，众考官欲挫其锐气，才只给了二甲进士，皆为促其成才。"

"原来如此。"女子眼中满是笑意，不枉公子寒窗苦读多年，总算得偿所愿。

他们二人的故事，还要从几年前说起。

欧阳修曾两次参加科举，皆榜上无名，落魄之时，拿着往日的诗作，叩响了胥府的朱门。

暖风拂杨柳，枝上花露浓，只见秋千上坐着一位姑娘，手握团扇，慵懒地轻摇。许是听见了脚步声，姑娘立刻害羞地藏到树后，举起扇子遮住脸颊，又忍不住心中的好奇，用余光偷偷打量着来客。

这是欧阳修初见胥氏，只觉她天真烂漫，憨态可掬。

那日，他有两件幸事：第一是遇见了胥家千金，第二是得到了胥偃的赏识。胥偃将他召置门下，指点其文。后来，欧阳修又跟随胥偃前往汴京，由胥偃保举，就试于开封府国子监，偶遇困惑之处，便会前往胥府求教。

每逢欧阳修来访，胥家姑娘便会精心梳妆，或是远远地瞧上一眼，或是佯装偶遇，问句"安好"。年少私语，字字总关情；闺中提笔，句句总相思。

日子久了，二人便生出了情愫。只是，欧阳修尚无官职，前途未卜，不敢轻易许下承诺，生怕误了官宦千金的终身。

直到金榜题名，他才依着三书六礼，郑重提出求娶胥家姑娘。

胥偃当即应下婚事，也算承了大宋"榜下择婿"的风俗。

棠梨花洁白如昨，一对新人缓缓行过，风吹花落，笙歌悠扬，一拜天地，白首不相离。

今生于万千人中遇见你，不早，不迟，恰好遇见的那个人是你。

婚后的某日清晨，她对镜梳妆，十指勾起青丝，将头发盘成高高的凤髻，再用金丝带一圈圈缠绕，最后拿起龙纹玉梳，将碎发慢慢整理到耳后。

她又拿起螺子黛，小心翼翼地画着远山眉，妆罢，走到窗下，轻轻挽着夫君的手，问道："官人瞧我的眉色深浅如何？"

他点头称好，自己的妻子，怎么看都好。

她的纤手摆弄着狼毫笔，依偎在他的身旁，很长时间后才起身试着描画刺绣的花样，白白耽搁了绣花的时光。耽搁便耽搁了，她提着笔，走到夫君面前，问道："请教官人，'鸳鸯'二字如何写？"

胥氏自然会写"鸳鸯"二字，只是因为夫君擅书，便想让他握着她的手，一笔一画地亲自教自己书写。

他将这情形写进词中，作《南歌子》：

凤髻金泥带，龙纹玉掌梳。走来窗下笑相扶，爱道画眉深浅、入时无？

弄笔偎人久，描花试手初。等闲妨了绣功夫，笑问双鸳鸯字、怎生书？

道不尽的甜蜜，诉不完的恩爱，世人羡慕也好，评判也罢，他们且书且乐。那一刻，他们天真地以为只要相爱，便可一生一世。

只是，命运何其残忍，婚后两年，胥氏便香消玉殒，有生之年，未见白头。

平生十六年，她未曾踏出过深深庭院，未曾上元游长街，未曾执笔书山水，未曾醉步赏人间，回首终是遗憾。唯一幸事，便是遇见了欧阳修。那少年虽未稳重，却容易让人情陷其中。他的眼中闪烁着光，那是她从未见过的光，好似黑夜中的星辰，照亮了她乏味的人生。

离世前，她既希望他遗忘自己，又希望他思念自己。遗忘，便不会心痛；思念，便不会断情。她尚有许多话想告诉他，却没有说出口。因为，她清楚世间之事万变，他总会遇到新人，至于旧人，将随着岁月而消失，或许偶尔会想起，却成不了永远。

女子，还是该认清现实。她孤独地合上双眼，没有留下只字片语。

有人垂泪惋惜：可怜红颜薄命。

有人心中盘算：何人是续弦？

次年，欧阳修娶了薛氏为妻。

这一日，竟来得这么快。

大婚之日，棠梨花依旧洁白，又是一对新人缓缓行过，风吹花落，掀起多少旧时记忆。恍然间，似乎回到了从前……

可叹，并非从前，他身旁站着的是薛氏。

不知是遗忘，还是断情，他再未提起过胥氏，甚至词中也未有悼念之语。

那时的情，究竟是真是假？人世匆匆，到底值不值得？

红杏枝头
正风华

# 玉楼春·春景

宋　祁


　　东城[1]渐觉风光好，縠皱波纹迎客棹[2]。绿杨烟外晓寒轻[3]，红杏枝头春意闹[4]。

　　浮生[5]长恨欢娱少，肯爱千金轻一笑[6]。为君持酒劝斜阳，且向花间留晚照[7]。

---

1　东城：泛指城东。

2　縠（hú）：有皱纹的纱。棹（zhào）：船桨，此处代指船。

3　烟：薄雾。晓寒轻：早晨微微有些寒气。

4　闹：形容花开得浓烈。

5　浮生：指飘浮不定的人生。语出《庄子·刻意》："其生若浮，其死若休。"

6　肯爱：怎肯吝惜，即不吝惜。千金轻一笑：语出崔骃《七依》："回顾百万，一笑千金。"言博美人一笑之难。

7　晚照：夕阳余晖。

嘉祐五年（1060），由欧阳修、宋祁、范镇、吕夏卿、王畴、宋敏求、刘羲叟等人编修的《唐书》终于完成，全书二百二十五卷，包括本纪十卷、志五十卷、表十五卷、列传一百五十卷。宋祁主要负责编写"列传"部分。一本书，历时十余载，皆为心血，必将流传千年。

此时，宋祁已是年过六旬的老者，满鬓青丝成白发，对文学的热情却丝毫未减。其实，早在嘉祐三年（1058），他便交齐了全部"列传"的文稿，剩下的两年，他都在等待，等待欧阳修完成最后的统一工作。他这个年纪的老臣，已无力参与政务，唯一能做的事情便是修史，为后世留下一些有意义的典籍。

宋祁，一个纯粹的文人，将青春献给了朝堂。北宋天圣二年（1024），二十六岁的宋祁与其兄宋庠同举进士，后兄弟二人入朝为官，一荣俱荣，一损俱损，也曾被贬，也曾被召回，却从未心生怨怼。从始至终，宋祁的心中只有百姓、天下、文章。

写下这首《玉楼春·春景》时，宋祁已完成《唐书》，官居尚书。

上阕重在写景，早春时节，词人漫游东城，静静感受着明媚风光。远处可见"縠皱波纹迎客棹"，客船行驶在绉纱般的水波之中；近处可见"绿杨烟外晓寒轻"，晨时的薄雾笼罩在杨柳周围。词人抬起头，便可望见红艳的杏花盛开在枝头。

全词最为经典的一句便是"红杏枝头春意闹"，一个"闹"字，不是喧嚷之闹，而是无声之闹。繁花盛开，杨柳红杏，皆是"闹"，却无声胜有声，一个字便可见花开蝶飞，春意盎然。宋祁因此词而扬名，世人称作"红杏尚书"。

赏春之时，总有所思，下阕便是对人生的感悟："浮生长恨欢娱少，肯爱千金轻一笑。"人这一生，经历颇多，怨恨太长，欢娱太少，故愿一掷千金，求得开口笑。宋祁的官运虽不如兄长宋庠，文学造诣却远在兄长之上，一生写下一千多首诗词，堪称文学大家。只是，越是感性的人，越容易忧伤，浮生如梦，有爱便有恨，有合便有离，这是宿命。总有诗人因这改变不了的宿命而忧心忡忡，便只觉"长恨欢娱少"，纵然家财万贯，也换不来畅然大笑。其实，恨又如何，欢又如何，都是人生，过不去是心结，过去了是淡然。

夕阳西下，宋祁却不愿离去。他手持酒盏，劝说天边的斜阳："且向花间留晚照。"

词人求那夕阳为这场花间雅集多留片刻。这一句是对时光的不舍，以及对时光流逝的悲伤。他并非贪恋此时相聚，而是留恋曾经无数次的相聚。

从古至今，人们都渴望时光停留，不愿迎来漫长的黑夜。幼年读《夸父逐日》，只觉夸父拼命追赶太阳，是胸有大志。后来，见日升日落，方知一寸光阴一寸金，失去的一天再难找回。我们都曾追过心中的"太阳"，也曾如夸父一般累倒在路上，夸父的手杖化为桃林，留给了后人；我们的眼泪化为梦想，留给了自己。

宋祁何尝不是这般追寻！科举之后，他为国为民，西北战事吃紧时，写下"三冗三费"的上疏，直言劝谏，后又编修史书，几乎没有停下前行的脚步。

他也曾有过"鲜衣怒马少年时"，有过一场如梦的邂逅。那是很久以前的一桩趣事，久到他已记不清何年何月，只记得美人如花花似梦。

那日，宴罢回府，宋祁走在繁华的街巷，迎面遇见皇室的车马，便恭敬地让到一旁，等待车马走过。这时，只听车内传来一个温柔的声音："小宋。"

宋祁诧异地抬起头，只见车帘已缓缓放下，车内有位芳华宫女对他嫣然一笑。宋祁一时怔住，直到车队过去，还沉浸在美人的微笑中，仿佛经历了一场梦，不知是真是假。回府后，宋祁便写下一首《鹧鸪天》：

毂雕鞍狭路逢，一声肠断绣帘中。身无彩凤双飞翼，心有灵犀一点通。

金作屋，玉为笼，车如流水马游龙。刘郎已恨蓬山远，更隔蓬山几万重。


词中那句"身无彩凤双飞翼，心有灵犀一点通"，化用的是唐代诗人李商隐的"身无彩凤双飞翼，心有灵犀一点通"，正是写两人不得相见，相思之情息息相通。这首词传到了宋仁宗耳中。宋仁宗大概是北宋最仁善、最亲和的皇帝了，除了管理天下大事，还要关心臣子的亲事，听闻宋祁的相思苦，便查问当时的宫人。最后，当日那个宫女站了出来，羞涩地坦言："那日我们去侍宴，见宣翰林学士，有大臣说：'这就是小宋。'我坐在车中，也是偶然瞧见他，便唤了一声。"宋仁宗一听，立即成全了这桩姻缘，将那宫女赐给了宋祁，还不忘打趣道："蓬山不远。"蓬山不远，近在眼前，也算因词结下了姻缘。

正因昔日那些美好回忆，方觉千帆过尽，时光可贵，才有了这首千古称赞的《玉楼春·春景》。世间皆是万般好，奈何人间留不住，我们能做的事情便是一直向前，期望前方的路上能追到光。

一年后，宋祁身染重病，自知时日无多，临终前，撰写了墓志铭，写下一篇《遗戒》，其中交代了自己的丧事从简，不应被当时风俗所左右，更不必看风水选墓地，只需简单的一口棺木入土。他也在《遗戒》中提到自己的文章，称自己的文章一般，不值得传诸后世；又道："不可请谥，不可受赠典，不可求巨公作碑志，不得作道、佛二家斋醮。"

他早已将生死名利看淡，更不愿被世俗牵绊，只愿悄悄地离开人世，了无牵挂。浮生不问前程，韶华逝去，荣耀只能相伴一程，而回忆却能相随一生。

何人聊赠

江南春

# 虞美人·寄公度[1]

舒　亶

芙蓉落尽天涵[2]水，日暮沧[3]波起。背飞双燕[4]贴云寒，独向小楼东畔、倚阑看。

浮生只合[5]尊前老，雪满长安道。故人早晚上高台，赠我江南春色、一枝梅[6]。

---

1　公度：作者友人，生平未详。
2　涵：包含、包容。
3　沧：青绿色，此处指水。
4　背飞双燕：双燕相背而飞，此处有朋友离别之意。
5　合：应该。
6　此句借用陆凯赠梅给范晔的典故，表达对友人的思念。《荆州记》："陆凯与范晔交善，自江南寄梅花一枝，诣长安与晔，兼赠诗。"诗云："折梅逢驿使，寄与陇头人。江南无所有，聊赠一枝春。"

舒亶从未想过自己会回到京城，年过五旬再被任用，这一次，他又要成为谁的棋子？十年前，他上奏朝廷钱粮等事，与尚书省意见相左，被皇帝罢免，逐出朝堂。那时节无一人为他求情，反倒是拍手叫好者众。毕竟，他担任御史多年，弹劾大小官员无数，得罪了不少朝臣。

　　其实，他明白自己被罢免的真正原因，皇帝要平衡新、旧两党的势力，此乃纵横之道，他不过是权力斗争的牺牲品。只是，未曾料到，昔日，含恨离去；如今，惆怅而归。十年如梦，京城早已不是当年的京城，他仿佛置身于一片陌生的土地，面对陌生的同僚、陌生的帝王，他该何去何从？

　　孤独的日子，他总会想起一位江南故人——黄公度，于是，便有了这首《虞美人》。

　　清秋时节，荷花已经枯萎凋落，水天相连，苍茫一片。日暮将至，寒风袭过，江面泛起层层波澜，浸满了忧伤。词人独自走上小楼，倚栏而望，只见双燕分飞，往寒云而去。当一个人历经沧桑，便成了人间最孤独的客人，虽活着，却是千疮百孔。

　　他道"浮生只合尊前老"，浮生短暂，只想在酒醉中渐渐老去。词人为何会有这样的想法？大抵是厌倦了世间的是非，宁愿醉得一塌糊涂，也不愿清醒地面对这个世界。如果寂寥是毒药，那烈酒便是解药，借酒消愁，浑噩度日，这是孤独者的生活方式。

转眼间，雪已铺满了京城的道路，那样冷，那样寒，而他，依旧是一人把酒独酌。雪夜思故人，故人在江南。此时，想必故人也会早晚登上高台远望，思念着他。即使相隔千里，故人还是会寄一枝早梅，好似寄给他整个江南的春天。

"赠我江南春色、一枝梅"，化用了南北朝诗人陆凯《赠范晔诗》中的名句。当时，战乱不断，陆凯与范晔分隔两地，常有书信往来，北魏景明二年（501），陆凯将一枝早春的梅花放入信笺，并有诗云："折梅逢驿使，寄与陇头人。江南无所有，聊赠一枝春。"后来，梅花便有了思念的寓意，以梅相赠，便是将温暖传递给对方。

舒亶的这首词寄去了江南，还未等到回信，他便奉命带兵平叛，辗转多地，始终未能回京。几年后，舒亶病逝于军中，年六十三。

遥想此人一生，活得顽固执拗，害了别人，也害了自己。

当年，苏轼写了一道《湖州谢上表》："知其愚不适时，难以追陪新进；察其老不生事，或能牧养小民。"舒亶便上奏弹劾苏轼，认为苏轼反对新法。而后，苏轼被捕，舒亶身为监察御史里行，负责监察百官，他根据《元丰续添苏子瞻学士钱塘集》，又一次上奏弹劾：

至于包藏祸心，怨望其上，讪渎谩骂，而无复人臣之节者，未有如轼也。盖陛下发钱（青苗钱）以本业贫民，则曰"赢得儿童语音好，一年强半在城中"；陛下明法以课试郡吏，则曰"读书万卷不读律，致君尧舜知无术"；陛下兴水利，则曰"东海若知明主意，应教斥卤

（盐碱地）变桑田"；陛下谨盐禁，则曰"岂是闻韶解忘味，尔来三月食无盐"；其他触物即事，应口所言，无一不以讥谤为主。

"乌台诗案"实则文字狱，舒亶主张变法，他认为苏轼名满天下，诗文涉嫌诽谤朝政，是不可饶恕的重罪。他在"乌台诗案"中的所作所为成了此生不可抹去的污点，从监察到诬陷，已非君子之作为。一桩"乌台诗案"，摧毁了苏轼的仕途，成就了舒亶的前程。苏轼被贬后，舒亶越发觉得自己所做非错，为人处世更是苛刻，朝中官员对其不满已久。

后来，又出了张商英一事。《宋史》记载：

亶为县尉坐废时，张商英为御史，言其材可用，得改官。及亶知谏院，商英为中书检正，以其婿王沇之所业属亶。亶并其手简缴进，自以职在言路，不受干请也。

张商英本为御史，曾言舒亶是可造之才，可以重用，算是有恩于舒亶。不久后，张商英给舒亶写了一封信，并将女婿的文章放入信中，让舒亶指点。舒亶不予置评，反而将信和文章送给皇帝，弹劾张商英干扰谏官，导致张商英被贬。

《宋史》为元脱脱所修，其中作假太多，部分内容与事实不符。北宋魏泰撰写的《东轩笔记》中也记载了张商英之事，但说张商英写信的原因是想借舒亶之力，让女婿顺利通过科举考试，而舒亶刚正不阿，不愿以权谋私，便上奏弹劾。《东轩笔记》所载更符合舒亶的性格，身在御史台，注定要与百官为敌，如同迎着逆风行走的人，孤独无依，唯一的依靠便是皇帝。若皇帝将其抛弃，那便再无出路。

元丰六年（1083），舒亶如往常一样上朝论奏钱粮之事，却不承想触动了某些人的利益。他以为皇帝会偏袒自己，没承想，皇帝道："身为执法而罪妄若是，安可置也。命追两秩，勒停。"

他就这样被皇帝罢了官职，黯然回乡，无人挽留。那年，他仅四十二岁，人生最辉煌之时跌入谷底。

听闻他离京之后，朝中众臣一片欢喜。

原来，小丑竟是自己。

他早该明白，皇权之下，皆是棋子，得与失都在皇帝的一念之间，他只能服从、认命。离京之后，他居于鄞县的月湖畔，此处幽静，无人打扰，其室曰"懒堂"，只愿从此"懒惰"下去。闲暇时，总会想起从前，对于"乌台诗案"，他或许也曾后悔过……

十年，他"懒"在家中整整十年，直到宋神宗驾崩，宋哲宗赵煦即位，舒亶才重回汴京。他深知，一朝天子一朝臣，自己不过是又一次成了权力斗争的棋子，即便回到朝堂，也难以找回曾经的自己。

京城，早已容不下年迈的舒亶。他只能留在军营，以最简单、最纯粹的方式，继续守护大宋江山。

今夕何时

长相伴

# 水调歌头

苏　轼

（丙辰[1]中秋，欢饮达旦[2]，大醉，作此篇，兼怀子由[3]。）


　　明月几时有？把酒问青天。[4]不知天上宫阙，今夕是何年。我欲乘风归去，又恐琼楼玉宇，高处不胜[5]寒。起舞弄清影[6]，何似[7]在人间。

　　转朱阁，低绮户，照无眠。[8]不应有恨[9]，何事长向别时圆[10]？人有悲欢离合，月有阴晴圆缺，此事古难全。但愿人长久，千里共婵娟[11]。

---

1　丙辰：即宋神宗熙宁九年（1076），苏轼时为密州（今山东诸城）知州。
2　达旦：到天亮。
3　子由：即苏辙，时为齐州（今山东济南）节度掌书记。
4　此二句化用李白《把酒问月》："青天有月来几时？我今停杯一问之。"
5　不胜：经受不起，承受不住。胜：承担、承受。
6　弄清影：指诗人在月光下起舞，影子也随之舞动。弄：玩弄，欣赏。
7　何似：何如，哪里比得上。
8　朱阁：朱红色的华丽楼阁。低绮户：指月光照进雕花的门窗。无眠：指失眠的人。
9　不应有恨：月亮对人们不会有什么怨恨。不应：未尝，不曾。
10　何事长向别时圆：为什么偏在人们分离时圆呢？
11　婵娟：本意指女子姿态美好的样子，此处指月亮。

中秋，皓月当空，苏轼缓缓举起酒盏，对月不语。赏月时，总会勾起无限怀念，他所念之人在千里之外，此时，或许同他一般，正举杯望月，饮下一杯杯浊酒……

夜已尽，情未断。苏轼铺开宣纸，提笔缓缓写下四字：水调歌头。

词前小序清清楚楚交代了写词的过程："丙辰中秋，欢饮达旦，大醉，作此篇，兼怀子由。"欢饮，是为了解忧；大醉，是为了遣兴；作词，是为了子由。

苏辙，字子由，苏轼的胞弟。数年前，新任宰相王安石变法，苏轼上书反对，谈新法弊病，惹怒了变法者王安石。朝局混乱，明争暗斗，早已不是当年的清明之象。苏轼已无可留恋，他自求出京任职，不愿踏足这片纷争之地。苏轼离开汴京后，先是任杭州通判，后又调往密州任知州，辗转多地为官，与胞弟苏辙已然分离了六年。六年间，他多次请求调任离苏辙较近的地方为官，却未能如愿。

丙辰中秋，乃阖家团圆之夜，却有手足两地分离，相见甚难。此词第一句便是向天发问。词人举杯问青天："明月几时有？"

这是多少代人的疑惑，明月的起源到底是什么？何时出现，何时圆缺？李白也曾把酒问月，有诗曰："青天有月来几时？我今停杯一问之。"李白的问止于此，而苏轼的问却没有断，他接着问："不知天上宫阙，今夕是何年。"

不知道天上的宫阙，如今是何年何月。倘若人间是中秋，那天宫必定也是花好月圆。苏轼想要乘着清风而去，又怕仙界亭台、月中楼阁，自己经不住高处的寒意。

"高处不胜寒"，本就是一种矛盾的心情，人们追求逍遥自在的天宫生活，又不愿承受高处的寒冷。《明皇杂录》中曾有典故：八月十五夜，叶静能邀明皇游月宫。临行，叶静能叫他着皮衣。到月宫，他果然冷得难以支持。故后人提到月宫，既向往月的皎洁，又畏惧月的清寒。乘风归去，何其难！倒不如留在满是烟火的人间，至少，有爱人相伴。

他道："起舞弄清影，何似在人间。"

可见，他还是眷恋着人间，愿在月光之下起舞，与自己的身影相和。天上宫阙万般好，终不如人间四月天。也许，这人间已经千疮百孔，可他依旧热爱，正如朝堂已不是昔日的朝堂，可他还是继续为官，不逃避，不放弃。

相信，总有一日，一切都会好起来……

那一日，何时会来？

苏轼望着明月，此时，月儿已经转过朱红色的阁楼，嵌进雕花的窗里，照着自己这个未眠之人。这一夜，因为思念，注定无眠。他忍不住埋怨明月："不应有恨，何事长向别时圆？"

本不该有遗憾，可为什么明月偏偏要在他与亲人分别时才圆？他终是有恨，却不是恨明月，而是恨那些让他无法与胞弟团圆的人。今时今日，他身处异乡，当真是明月的错？明月何错之有？错的都是人。

他也知明月无错，便写道："人有悲欢离合，月有阴晴圆缺，此事古难全。"

人生有悲欢离合，明月有阴晴圆缺，世间之事本就难以两全。既然无法两全，又何必强求，生老病死，聚散离合，皆不是你我能够左右。

一句"但愿人长久，千里共婵娟"，道尽了多少人的思念。若此刻无法团圆，那么，只愿人人平安长乐，哪怕相隔千里，也能共赏明月。这世间，人们为生活而奔波，天各一方，不得团圆，若能共赏明月，共望星辰，也算有片刻温暖。

远方的亲人，是否同在赏月？若是，那也算共度中秋了。

这首《水调歌头》作于宋神宗熙宁九年（1076），一年后，苏轼赴徐州任职，苏辙与之相伴而行。到达徐州后，苏辙停留百余日，只为与兄长相聚一段时光。那些日子，二人饮酒赋诗，泛舟游湖，所见皆是美景，所感皆是欢喜。

只是，终有分离之时。苏辙将赴南都任职，这一别，不知何年何月才会相见。

月光散落在人间，苏辙望向月光，静静地想着：至少，过了中秋再走。

又逢中秋佳节，二人共赏月光，苏辙不禁想起兄长的那首《水调歌头》，万般感慨涌上心头，于是，作《水调歌头·徐州中秋》回赠其兄：

离别一何久，七度过中秋。去年东武今夕，明月不胜愁。岂意彭城山下，同泛清河古汴，船上载凉州。鼓吹助清赏，鸿雁起汀洲。

坐中客，翠羽帔，紫绮裘。素娥无赖，西去曾不为人留。今夜清尊对客，明夜孤帆水驿，依旧照离忧。但恐同王粲，相对永登楼。

"离别一何久，七度过中秋。"七年，仿佛是一瞬间，又仿佛是沧海桑田，不知不觉间，竟分别如此之久。只可惜，相聚的时光终是短暂，今夜还在举杯欢饮，明日便要孤帆远行。成年人的世界总是充满无奈，看似有许多选择，实则能走的道路不过几条而已。苏辙不可能永远留在徐州，不久之后，他就要踏上新的道路，不得归来，只能登上阁楼，遥遥相望。

　　苏辙的这首词，既写了久别重逢的喜悦，又写了即将离去的悲伤。词中提到"建安七子"之一的王粲，王粲滞留荆州十二年，生逢乱世，怀才不遇，登楼远眺之后，写下《登楼赋》，抒发思乡之情。苏辙用"但恐同王粲，相对永登楼"结尾，可见对彼此前程的担忧。宦海浮沉，未来，他们会迎来什么？是希望，还是绝望？

　　变法之争，无尽无休，不是乱世，却几近乱世。他们虽远离汴京，却未能逃过是是非非，也许明日，便会祸从天降。唯愿，兄弟长情，患难与共，纵然刀斧加身，也能不离不弃。

　　那年的月，不曾忘记；那年的人，不曾辜负。

　　苏轼言："我年二十无朋俦，当时四海一子由。"

　　苏辙言："手足之爱，平生一人。"

　　一生相随，从未相弃。

与君世世
为兄弟

# 渔家傲·和门人祝寿[1]

苏 辙

七十余年真一梦。朝来寿斝[2]儿孙奉。忧患已空无复痛。心不动。此间自有千钧重。

早岁[3]文章供世用。中年禅味疑天纵[4]。石塔成时无一缝[5]。谁与共？人间天上随他送。

---

1 苏籕《栾城先生遗言》："公悟悦禅定，门人有以《渔家傲》祝生日及济川者，以非其志也，乃赓和之。"苏籕：苏辙之孙。

2 斝（jiǎ）：古代酒器，圆口，平底，三足，用以温酒。此处泛指酒具。

3 早岁：早年，年轻时。

4 禅味：指禅宗所蕴含的清静、旷远、无为的意味。天纵：天之所使，指上天所赋予。《论语·子罕》："固天纵之将圣，又多能也。"

5 石塔：僧人死后，尸体被焚化，造一小塔把骨灰葬于其中。此处喻指向禅问道之心坚定不移，以及纯净无波的心境。无一缝：喻指心如止水，不会受到干扰。

这是一首祝寿词，也是苏辙回首一生的感慨。

那日是苏辙的寿辰，文人学子从千里之外归来，新知旧交欢聚一堂，他们斟满美酒，举杯共祝这位年过七旬的老人福寿安康。老人双手捧起酒杯，并未饮下，而是将酒水缓缓洒到地上。

第一杯，先敬兄长。

他的星光，从来都只是那个人。

"七十余年真一梦"，词人七十年来的人生，恍若梦一场，人生匆匆，那些愤懑、惆怅、失意早已淹没在时间的长河里，他也曾挣扎于俗世之中，懵懂过，清醒过，矛盾过，只是，白发苍苍时，方知万事皆成空。

而今，他的寿辰，子孙后代奉酒，不忆前尘旧梦，只闻满堂欢笑。他沉浸于喜乐之中，从前的忧患已成空，再不会引人心痛。他老了，历经世间的风雨坎坷，一颗心早已如磐石般坚硬。休要提及往事，其中自有千钧沉重。

他早年入仕，文章为政为世，提出新法的利弊，然因观点与王安石不同，屡遭贬官。人到中年，落笔生禅，了然通透，似乎是苍天有意让他参透世间诸法。

"石塔成时无一缝"，源于兄长苏轼的一个梦《东坡志林》里有"梦

寐"一类，记了十一个梦，其中一梦为《记子由梦塔》：

昨夜梦与弟同自眉入京，行利州峡，路见二僧，其一僧须发皆深青，与同行。问其向去灾福，答云："向去甚好，无灾。"问其京师所需，要好朱砂五六钱。又手擎一小卵塔，云："中有舍利。"兄接得，卵塔自开，其中舍利粲然如花，兄与弟请吞之。僧遂分为三分，僧先吞，兄弟继吞之，各一两，细大不等，皆明莹而白，亦有飞逬空中者。僧言："本欲起塔，却吃了！"弟云："吾三人肩上各置一小塔便了。"兄言："吾等三人，便是三所无缝塔。"僧笑，遂觉。觉后胸中喧喧然，微似含物。

当年梦寐的人已不在人世，空剩梦中人，谁与共？逝者游于天上人间，独留生者客居凡尘。七十余年，人生处处皆是那人的身影……

少时一同求学，朝夕相伴；入仕后，聚少离多，每每相见，总要彻夜长谈。于他而言，苏轼亦师亦友亦兄。

苏轼因"乌台诗案"下狱，苏辙为兄辩白，作《为兄轼下狱上书》：

臣闻困急而呼天，疾痛而呼父母者，人之至情也。臣虽草芥之微，而有危迫之恳，惟天地父母哀而怜之！

臣早失怙恃，惟兄轼一人，相须为命。今者窃闻其得罪逮捕赴狱，举家惊号，忧在不测。臣窃思念，轼居家在官，无大过恶。惟是赋性愚直，好谈古今得失，前后上章论事，其言不一。陛下圣德广大，不加谴责。轼狂狷寡虑，窃恃天地包含之恩，不自抑畏。顷年，通判杭州及知密州日，每遇物托兴，作为歌诗，语或轻发。向者曾经臣寮缴进，陛下置而不问。轼感荷恩贷，自此深自悔咎，不敢复有所为，但其旧诗，已自传播。臣诚哀轼愚于自信，不知文字轻易，迹涉不逊，虽改过自新，而已陷于刑辟，不可救止。

轼之将就逮也，使谓臣曰："轼早衰多病，必死于牢狱。死固分也，然所恨者，少抱有为之志，而遇不世出之主，虽龃龉于当年，终欲效尺寸于晚节。今遇此祸，虽欲改过自新，洗心以事明主，其道无由；况立朝最孤，左右亲近必无为言者，惟兄弟之亲，试求哀于陛下而已。"臣窃哀其志，不胜手足之情，故为冒死一言。

昔汉淳于公得罪，其女子缇萦，请没为官婢，以赎其父。汉文因之，遂罢肉刑。今臣蝼蚁之诚，虽万万不及缇萦，而陛下聪明仁圣，过于汉文远甚。臣欲乞纳在身官，以赎兄轼，非敢望末减其罪，但得免下狱死为幸。兄轼所犯，若显有文字，必不敢拒抗不承，以重得罪。若蒙陛下哀怜，赦其万死，使得出于牢狱，则死而复生，宜何以报！臣愿与兄轼，洗心改过，粉骨报效，惟陛下所使，死而后已。臣不胜孤危迫切，无所告诉，归诚陛下，惟宽其狂妄，特许所乞。臣无任祈天请命激切陨越之至！

一道奏章，诉尽数十年的手足之情，为救兄长，他不顾自己的仕途，不惜申请降低自己的官职，以赎兄长的罪责。明知希望渺小，也愿一试，将生死、前程置之度外，哪怕被牵连贬官，也无怨无悔。此后，二人被贬偏僻之地，相距甚远。

暮年之时，苏辙被贬为化州别驾、安置雷州处分；苏轼被贬为琼州别驾、昌化军安置，兄弟二人相别于海滨，此番一别，竟成永别。

他听闻，兄长临终之前唯一的牵挂便是他。苏轼曾言："万里生还，乃以后事相托也。惟吾子由，自再贬及归，不复一见而决，此痛难堪！"

自兄长过世，他便宛如苏轼的影子，处事波澜不惊，心如不动秋水。闲居颍昌十余年，苏辙闭门谢客，号颍滨遗老，从此不问俗世烦忧，不理会人情凉薄，时而割麦，时而酿酒，过着寻常百姓的生活，豁达、乐观、潇洒，他渐渐活成了兄长的样子。

"与君世世为兄弟，更结人间未了因。"

回首沧桑
尽成愁

# 南乡子

黄庭坚

（重阳日，宜州城楼宴集，即席作。[1]）


诸将说封侯[2]，短笛长歌独倚楼[3]。万事尽随风雨去，休休[4]，戏马台南金络头[5]。

催酒莫迟留[6]，酒味今秋似去秋[7]。花向老人头上笑，羞羞，白发簪花不解愁。[8]

---

1　此词作于宋徽宗崇宁四年（1105）。《道山清话》："山谷之在宜也，其年乙酉，即崇宁四年也。重九日，登郡城之楼，听边人相语：'今岁当鏖战，取封侯。'因作小词云：……（即本词，字句有不同。）倚栏高歌，若不能堪者。"

2　说封侯：谈论功名。《后汉书·班超传》："班超投笔叹曰：'大丈夫无他志略，犹当效傅介子、张骞，立功异域，以取封侯，安能久事笔砚间乎！'"

3　此句化用赵嘏《长安秋望》："残星几点雁横塞，长笛一声人倚楼。"以诸将热衷功名与己之超然独处对比。

4　休休：算了吧，完了。

5　戏马台：一名"掠马台"，项羽所筑，位于今江苏徐州市南。金络头：有金饰的马笼头。

6　催酒：催促饮酒，也称"侑酒"，宴席上演奏音乐，催人尽饮。迟留：迟疑不决。

7　《道山清话》作"酒似今秋胜去秋"，黄庭坚词多以美酒之可爱对功名之虚无。

8　此三句以拟人法写花调侃词人：偌大年纪还要簪花自娱，却又不能解愁，其实是借花自嘲。

恍见故人登高楼，方知岁月忽已晚。

重阳节，菊花美酒，点灯开宴，文人们相聚小楼之上，把酒问苍天，畅谈风与月。

明月如素，照见人间，一位老人怅然地坐在窗前，静静地听着后生们的谈笑声，或是作诗，或是填曲。老人蹙眉摇了摇头，心中叹道：诗文虽好，却终是不及那个人。

老人是黄庭坚，他称那人为"子瞻"——苏子瞻，苏轼。

三年前，苏轼离世，从此以后，他的世界便没有了光亮。

明知逝者已矣，却不忍面对现实，思君不见君，锦书无处寄，凭着执念，他整日守着旧时的诗篇，只盼亡魂化为清风，偶尔路过人间。

"诸将说封侯，短笛长歌独倚楼"，诸将侃侃而谈，议国事，论封侯，唯有词人独倚高楼，和着笛声，哼着轻歌。世人梦功名，唯有他独醒，遗世独立，却不孤独。人生一场虚空大梦，繁华富贵皆是身外之物，转瞬即逝，不如长歌一曲，自在逍遥。

万事都随着风雨而消逝，是非尽休，诸事沉寂。晋安帝义熙十二年（416），宋武帝刘裕北征，重阳节于戏马台设宴，谢瞻与谢灵运各赋《九日从宋公戏马台集送孔令》，如此盛景也成往事。帝王将相、才子佳人，终化作史书中的一行文字，留给后人评说。

此时，他只想饮下杯中酒，不愿辜负陈年佳酿。今秋美酒似从前，酒香未变，人却已老。

他抚摩着鬓间的黄花，忽而想起苏轼的那首《吉祥寺赏牡丹》："人老簪花不自羞，花应羞上老人头。醉归扶路人应笑，十里珠帘半上钩。"

那是熙宁五年（1071）的事情，那一年，杭州吉祥寺的牡丹开得极好，满城的百姓都来此赏花。苏轼望见老人簪花，不禁感叹："人不自羞花却羞。"

宋朝人簪花是寻常之事，不论男女老少，皆喜簪花，重阳节这日，犹爱头戴菊花，已成为风俗。

如今，黄庭坚也是白发簪花，并写道："花向老人头上笑，羞羞，白发簪花不解愁。"

文人笔下的诗句，大都源于人生中的某种经历、某些遗憾。白发簪花，有何可羞？他们不过是热爱生活的平凡人，簪花不能消愁，却能让他们如少年般洒脱。人追求美好事物，从没有错，错的是那些被俗世蒙住双眼的可怜人。

夜未央，人已醉，抬头望月，似在月中看见了故人。

他与苏轼因诗结缘。苏轼到杭州任通判时，常与黄庭坚的岳丈孙觉谈论诗词，孙觉将黄庭坚的诗文拿给苏轼点评，苏轼读后，赞道："此人如精金美玉，不即人而人即之，将逃名而不可得，何以我称扬为？然观其文以求其为人，必轻外物而自重者，今之君子莫能用也。"

而后，黄庭坚写下一封长信《上苏子瞻书》，曰：

庭坚齿少且贱，又不肖，无一可以事君子，故尝望见眉宇于众人之中，而终不得备使令于前后。伏惟阁下学问文章，度越前辈；大雅岂弟，博约后来；立朝以直言见排根，补郡辄上最课，可谓声实于中，内外称职。凡此数者，在人为难兼，而阁下所蕴，海涵地负，此特所见于一州一国者耳。惟阁下之渊源如此，而晚学之士不愿亲炙光烈，以增益其所不能，则非人之情也。借使有之，彼非用心于富贵荣辱，顾日暮计功，道不同不相为谋；则愚陋是已，无好学之志，"訑訑予既已知之"者耳。

庭坚天幸，早岁闻于父兄师友，已立乎二累之外；独未尝得望履幕下，以齿少且贱，又不肖耳。知学以来，又为禄仕所縻，闻阁下之风，乐承教而未尝得者也。今日窃食于魏，会阁下开幕府在彭门，传音相闻，阁下又不以未尝及门过誉斗筲，使有黄钟大吕之重。盖心亲则千里晤对，情异则连屋不相往来，是理之必然者也，故敢坐通书于下执事。夫以少事长，士交于大夫，不肖承贤，礼故有数，似不当如此。恭惟古之贤者，有以国士期人，略去势位，许通书者，故窃取焉。非阁下之岂弟，单素处显，何特不可，直不敢也。仰冀知察，故又作《古风》诗二章，赋诸从者。《诗》云："我思古人，实获我心。"心之所期，可为知者道，难为俗人言，不得于今人，故求之古人中耳。与我并世，而能获我心，思见之心，宜如何哉！《诗》云："既见君子，我心写矣。"今则未见而写我心矣！春候暄冷失宜，不审何如？伏祈为道自重。

苏轼收到信后，只觉相交甚晚，立即写下回信《答黄鲁直》：

轼始见足下诗文予孙莘老之坐上，耸然异之，以为非今世之人也。莘老言："此人，人知之者尚少，子可为称扬其名。"轼笑曰："此人如精金美玉，不即人而人即之，将逃名而不可得，何以我称扬为？然观其文以求其为人，必轻外物而自重者，今之君子莫能用也。"其后过李公择于济南，则见足下之诗文愈多，而得其为人益详，意其超逸绝尘，独立万物之表，驭风骑气，以与造物者游，非独今世之君子所不能用，虽如轼之放浪自弃，与世阔疏者，亦莫得而友也。

今者辱书词累幅，执礼恭甚，如见所畏者，何哉？轼方以此求交于足下，而惧其不可得，岂意得此于足下乎？喜愧之怀，殆不可胜。然自入夏以来，家人辈更卧病，忽忽至今，裁答甚缓，想未深讶也。

《古风》二首，托物引类，真得古诗人之风，而轼非其人也。聊复次韵，以为一笑。

秋暑，不审起居何如？未由会见，万万以时自重。

两封信拉近了二人的距离，此后，相隔千里的唱和便开始了。

苏轼写《春菜》：

蔓菁宿根已生叶，韭芽戴土拳如蕨。

烂烝香荠白鱼肥，碎点青蒿凉饼滑。

宿酒初消春睡起，细履幽畦掇芳辣。

茵陈甘菊不负渠，绘缕堆盘纤手抹。

北方苦寒今未已，雪底波棱如铁甲。

岂如吾蜀富冬蔬，霜叶露牙寒更茁。

久抛菘葛犹细事，苦笋江豚那忍说。

明年投劾径须归，莫待齿摇并发脱。


黄庭坚写《次韵子瞻春菜》：


北方春蔬嚼冰雪，妍暖思采南山蕨。

韭苗水饼姑置之，苦菜黄鸡羹糁滑。

蓴丝色紫菰首白，蒌蒿芽甜葌头辣。

生葅入汤翻手成，芼以姜橙夸缕抹。

惊雷菌子出万钉，白鹅截掌鳖解甲。

琅玕森深未飘箨，软炊香秔煨短茁。

万钱自是宰相事，一饭且从吾党说。

公如端为苦笋归，明日青衫诚可脱。

苏轼写《薄薄酒》（二首）：


薄薄酒，胜茶汤；

粗粗布，胜无裳；

丑妻恶妾胜空房。

五更待漏靴满霜，不如三伏日高睡足北窗凉。

珠襦玉柙万人相送归北邙，不如悬鹑百结独坐负朝阳。

生前富贵，死后文章，百年瞬息万世忙。

夷齐盗跖俱亡羊，不如眼前一醉是非忧乐都两忘。

薄薄酒，饮两钟；

粗粗布，着两重；

美恶虽异醉暖同，丑妻恶妾寿乃公。

隐居求志义之从，本不计较东华尘土北窗风。

百年虽长要有终，富死未必输生穷。

但恐珠玉留君容，千载不朽遭樊崇。

文章自足欺盲聋，谁使一朝富贵面发红。

达人自达酒何功，世间是非忧乐本来空。

黄庭坚写《薄薄酒》（二首）：

薄酒可与忘忧，丑妇可与白头。

徐行不必驷马，称身不必狐裘。

无祸不必受福，甘餐不必食肉。

富贵于我如浮云，小者谴诃大戮辱。

一身畏首复畏尾，门多宾客饱僮仆。

美物必甚恶，厚味生五兵。

匹夫怀璧死，百鬼瞰高明。

丑妇千秋万岁同室，万金良药不如无疾。

薄酒一谈一笑胜茶，万里封侯不如还家。

薄酒终胜饮茶，丑妇不是无家。

醇醨养牛等刀锯，深山大泽生龙蛇。

秦时东陵千户食，何如青门五色瓜。

传呼鼓吹拥部曲，何如春雨池蛙。

性刚太傅促和药，何如羊裘钓烟沙。

绮席象床珊玉枕，重门夜鼓不停挝。

何如一身无四壁，满船明月卧芦花。

吾闻食人之肉，可随以鞭朴之戮。

乘人之车，可加以铁钺之诛。

不如薄酒醉眠牛背上，丑妇自能搔背痒。


两个人一唱一和，不曾断绝，他始终追随着苏轼，以苏轼为师，以苏轼为友，以苏轼为亲。

苏轼因"乌台诗案"获罪下狱，御史台审查苏轼的诗文，挑出一百多首疑似讽刺朝廷的诗词，其中就有他与黄庭坚的唱和之作。

朝局混乱，有人为求自保，不惜陷害苏轼。那时，黄庭坚人微言轻，无法为苏轼辩白，面对官员的审问，他坚定道："子瞻先生，一生忠君爱国，他是无罪的，他是清白的！"

哪怕会受牵连，哪怕会遭报复，他也选择了相信苏轼。他的子瞻先生，绝不会错。党争又如何，构陷又如何，只要世间尚有一人敢直言，便无所畏惧。他以子瞻先生为荣，无论何时何地，都愿为其倾尽所有。

庆幸，大宋不杀士大夫，朝廷只将苏轼贬去黄州，而黄庭坚仅是受到"罚金"的处分。

宋神宗过世，新帝即位，苏轼得以回京，与黄庭坚相识十几载，直到此时，才有缘相见。这场初次会面更像久别重逢。神交多年，两人早已如伯牙子期般，无须多说一言，仅刹那对视，便觉心头滚烫。

他望着苏轼缓缓入门，先生似从山水画中走来，不染尘埃，只听先生轻轻地唤一声："鲁直。"

这一句"鲁直"，他盼了太久太久。

那夜，他们酬唱赠答，不舍入眠，只恨人生无千年，留给彼此的时间终究太少。

汴京三年，他们不负时光，写下百篇诗词，开创了大宋的绚烂文坛。后来，两人仕途受挫，一贬再贬，再次分隔两地。黄庭坚寄去一封封书信，有愁苦，有欢喜，有愤懑……

直到有一日，他再也收不到回信。

他的子瞻先生病逝了，亡于北归途中，享年六十五岁。

从此以后，他的人生再无月光。

朝朝暮暮

不见君

# 鹊桥仙

秦　观

纤云弄巧[1]，飞星传恨[2]，银汉[3]迢迢暗度。金风玉露[4]一相逢，便胜却人间无数。

柔情似水，佳期如梦，忍顾鹊桥[5]归路。两情若是久长时，又岂在朝朝暮暮[6]。

---

1　纤云弄巧：轻盈的云彩在空中幻化成各种巧妙的花样，喻指织女精巧的织造技艺。

2　飞星：流星，指被银河阻隔的牵牛、织女二星。传恨：传递牵牛、织女二星终年不得相见的离恨。

3　银汉：银河。相传每年七月初七（七夕），牛郎、织女会渡过银河在鹊桥相会。

4　金风玉露：秋风白露。李商隐《辛未七夕》："由来碧落银河畔，可要金风玉露时。"

5　忍顾：怎忍回头看。鹊桥：韩鄂《岁华纪丽》卷三引《风俗通》："织女七夕当渡河，使鹊为桥。相传七日鹊首无故皆髡，因为梁以渡织女故也。"

6　朝朝暮暮：指朝夕相聚。语出宋玉《高唐赋》："妾在巫山之阳，高丘之阻，且为朝云，暮为行雨。朝朝暮暮，阳台之下。"

秦观初遇边朝华时，她还是年仅十三岁的小姑娘。那是元祐二年（1087），秦观任太学博士，从八品，一袭青衫，一把折扇，端端正正地坐在竹椅上，细细地打量着眼前的一群女子。

那天，乌云密布，不一会儿，雨水淅淅沥沥地落下，打湿了女子们的衣衫，寒凉彻骨。

边朝华站在人群中，又瘦又小，面色苍白，枯草般的长发乱糟糟地垂下，遮住了倔强的双眼。她偷偷瞥了一眼秦观，只见他静坐在廊下，手中的折扇开开合合，若有所思。有的人生来就是骄子，即便雨水淹没了整座城，也无法打湿他的衣衫。命运如此不公，她生来就是奴婢，像货物一般任人挑选。

士人阶层买卖奴婢是常见之事，奴婢与牲口一样，卑微且廉价，可任意买卖、送人。为奴者，要么是罪人的妻女，要么是自愿卖身，若不是命不由己，谁愿意站在这里等待未知的命运？

很静，除了雨声，便是折扇开合之声。良久，秦观终于站起，指着一身雨水的边朝华问道："你叫什么名字？"

她想，若是能留在这位大人府上，往后的日子或许会好过些。于是，她巧妙地回答："奴婢姓边，请大人赐名。"

婢女的名字大都是主子取的，若他赐了名，她便是他一辈子的婢女。

秦观淡淡一笑，似看穿了她的心思，只说了两个字："朝华。"

"朝华之草，夕而零落；松柏之茂，隆寒不衰。"她应如清晨绽放的花朵，那么灿烂，那么夺目。从此以后，她的名字便叫边朝华。

秦观买下了她，让她与其他婢女一同服侍家中老母。忙碌时，她会一连几个时辰吃不上饭，饿着肚子扫落叶；闲暇时，她也会和同龄女孩玩玩闹闹，偶尔谈论几句家主的旧事。

他的故事很简单。

他叫秦观，字少游。

他有父母之命、媒妁之言的结发贤妻，名为徐文美，是富商长女。

他曾是一介白衣，少时拜访苏轼时，写诗道："我独不愿万户侯，惟愿一识苏徐州。"后应苏轼之请，写下《黄楼赋》。苏轼称赞他有屈原、宋玉之才，又劝他参加科考，可惜屡试不第。苏轼写信劝勉，又向王安石力荐，王安石读其诗文后，称赞其诗"清新似鲍、谢"。

皇天不负有心人，他于元丰八年（1085）考中进士。

朝华听着秦观的各种故事，消磨着漫长的时光，不知不觉间，已过去六年，十九岁的朝华出落得亭亭玉立。这些年，秦观每日都会给母亲请安，在那里停留片刻，教朝华读书识字。所谓日久生情，先动情的往往是女子，她目光中的仰慕与爱意，他何尝感觉不到？只是，他碍于两人二十五岁的年龄之差，始终逃避着这段感情。老夫人怜惜朝华的一片痴情，便做主将朝华指给秦观为妾。

一个人的喜欢是无法隐藏的。那一日，他望着她恬静的睡容，整个世界都生出花来，才知，原来拥有她竟如此幸福。他缓缓道出一首诗："天风吹月入栏干，乌鹊无声子夜阑。织女明星来枕上，了知身不在人间。"

倘若她是织女，那他便是牛郎，只羡鸳鸯不羡仙。

他想，这份爱该长长久久，却不知变故只在朝夕之间。宋哲宗亲政后，"新党"还朝，"旧党"贬谪，恩师苏轼被贬岭南，秦观自是一同遭贬。

秦观不忍家人受苦，便想孤身一人前往贬谪之地。临走前，他将朝华送回娘家，她不肯，他便写下《遣朝华》劝说她："夜雾茫茫晓柝悲，玉人挥手断肠时。不须重向灯前泣，百岁终当一别离。"

他送她金银细软，让她寻个归宿，再嫁他人。离开他后，她会衣食无忧，自由自在，宜室宜家。只要离开他，她便会万般顺遂。他的爱是放手，是要她一世长安。

朝华回了娘家，却没有再嫁。她的心中满是他，又如何容得下旁人？

二十天后，她的父亲来告知："不愿嫁，愿乞归。"

闻言，秦观的心还是软了，他带着她一同去了杭州。两人度过一段短暂的缱绻时光，她成了他困境之中唯一的依靠。此时，秦观已预感到自己好景不长，"新党"对他恨之入骨，岂能容他如此安稳？果然，不久之后，秦观又一次被贬，将远赴处州。

这次是处州，下次又是哪里？他不敢想象未来的路会是怎样，仿佛陷入沼泽，无法挣扎，只能越陷越深，直到死亡。他真的不能将她留在身边了，他们可以同甘，却绝不能共苦，若苦难来临，他会将她推开，独自面对。

秦观知她性子倔强，便借口要去修道，断了她的情愫。他道："汝不去，吾不得修真矣。"

他又作《再遣朝华》一诗："玉人前去却重来，此度分携更不回。肠断龟山离别处，夕阳孤塔自崔嵬。"

朝华信了，相信的一瞬间，心也随之破碎。离别时，任她哭得伤心欲绝，他只淡漠地望着她，直到她的身影消失在视线尽头。如果这是结局，那他了无牵挂。

外放途中，人烟稀少，满是荒凉。他如此庆幸，所爱之人不在身边。这一路，所有辛酸、疲惫、屈辱，皆由他一人承受。

那夜，正逢七夕，他独在异乡，望着牛郎星和织女星，想起多年前写下的诗句："织女明星来枕上，了知身不在人间。"他的织女已不在身旁，他的人生已是空荡荡。今夕何夕，良人何在？相思之时，他挥笔写下《鹊桥仙》：

纤云弄巧，飞星传恨，银汉迢迢暗度。金风玉露一相逢，便胜却人间无数。

柔情似水，佳期如梦，忍顾鹊桥归路。两情若是久长时，又岂在朝朝暮暮。

夜，如此宁静。此时，牛郎、织女应踏过星河鹊桥，执手互诉衷肠。"纤云弄巧"是写轻盈的云彩在夜空中变幻，"飞星传恨"是写闪亮的流星传递着爱侣的相思愁怨，"银汉迢迢暗度"指的是牛郎、织女七夕相会。迢迢银河，将相爱之人隔开，他们只能趁着七夕之夜悄悄相会。这对痴情人能在金风玉露之夜相逢，已抵得上人间无数次的相聚。

人世间情为贵，有些情侣日日相见，却不见得多么相爱，同床异梦、同枕离心，早已忘却情为何物，便也不会珍惜相会的时间。那对相离千里的情侣，彼此深爱，却无法厮守，一年一次的相逢便显得格外珍贵。

柔情如流水般绵延不绝，佳期如梦境般虚幻缥缈，只恨时间太短，相思太长，终有离别时。来时相会的鹊桥，已成了爱人的归路，分别时，不忍回望鹊桥路，只能道一句："两情若是久长时，又岂在朝朝暮暮。"

两人的情感若是地久天长，至死不渝，又何必贪恋朝暮之欢？只要相爱，便胜过万般美好。牛郎、织女如此，他与朝华亦是如此，等到风雨之后，两人相见之时，便是长久的"朝朝暮暮"。

他想，只要慢慢等待，终有一日，能够雨过天晴。

所谓悲剧，所谓爱情，不仅只有爱和死，还有等待。


元符三年（1100）正月十二日，宋哲宗病逝，徽宗即位，贬谪之臣多被召回。秦观复命宣德郎，放还横州。行至藤州之时，出游光华亭，秦观口渴，等仆人取水，水至，人已含笑而卒。

那"朝朝暮暮"，他终是没有等来。

人生最后的时光，他也会想起朝华，此时，她应该已经嫁为人妇，相夫教子了。她那么聪慧、细心，日子一定会越过越好，他本不该担心她，本不该担心……可是，为什么还是放不下？

逝去的人已经逝去，活着的人又该去往何处？

他不曾知道，那日朝华离去后，没有回家，没有嫁人，没有活成他期待的样子。她削发为尼，青灯之下，余生与古佛相伴，听经悟禅，却不能释然。

如果有来世，她希望还能遇见他。

即使她出身卑贱，即使她不通文墨，即使她孤单地站在人群中，他还是能一眼就望见她。

我听过最美的诗句是："两情若是久长时，又岂在朝朝暮暮。"

因为，我曾那般深情地爱过你。

奈何往事

尽难留

# 眼儿媚

王　雳

杨柳丝丝弄轻柔，烟缕织成愁。海棠未雨，梨花先雪，一半春休。

而今往事难重省[1]，归梦绕秦楼[2]。相思只在，丁香[3]枝上，豆蔻[4]梢头。

---

1　难重省（xǐng）：难以回忆。
2　秦楼：秦穆公之女弄玉与其夫萧史所居之楼，亦名"凤楼"，此处指王雳妻独居之所。
3　丁香：常绿乔木，叶椭圆形，春开紫花或白花，种子黑色，可作香料或药用。
4　豆蔻：多年生草本植物，叶细长，春开淡黄色花，有香气，可入药。杜牧《赠别二首·其一》："娉娉袅袅十三余，豆蔻梢头二月初。"

朱红色的府门紧闭，阳光透过精致的雕花窗，洒下斑驳的光影。屋内，帏幔坠，玉炉香，一个瘦弱的男子静静地躺在地上，双眼黯淡无光，仿佛一具没有灵魂的躯体。这个人是王安石之子王雱，曾著书万言，睥睨一世。

今天，是他结发妻子改嫁的日子，他却只能将自己反锁在房中，不敢走出这扇门。

外界传言相府公子患了"心疾"，久病不愈，王安石怜惜儿媳庞氏，不忍误了庞氏一生，便为她择一门姻缘，将其风光改嫁。其实，王雱患的根本不是什么心疾，而是疯病，且时好时坏，不发病时与常人无异，发病时则狂躁不能自控，甚至会伤害到至亲之人。

何其可悲！发妻改嫁这日，他如此清醒，仿佛能听见锣鼓鞭炮声，仿佛能看见凤冠霞帔。他努力想忘记那些痛苦的记忆，却怎么也忘不了，反而越来越清晰。他孤独地蜷缩在角落，不敢去触碰那缕阳光，或许只有藏在黑暗中，他才会感到安心。

是他的错，一切都是他的错。

他遥想往事，含泪写下《眼儿媚》。那日，杨柳在风中摇曳，细软轻柔，春意盎然，词人却觉"烟缕织成愁"，所有的一切都成了无边的愁绪。海棠未落是愁，梨花先飘亦是愁，此时才知，春已过去一半，他错过了太多。

"而今往事难重省，归梦绕秦楼。"一段旧情，多久才能忘记？大概，需要一生一世。如今，往事已经不能重来，他只能在梦中，一次次追忆小楼中的故人。那故人便是他的发妻庞氏，他爱她入骨，又伤她至深。他路过庞氏曾住过的地方，忽觉物是人非，一草一木，一砖一瓦，皆是他们旧时的回忆。丁香浸着惆怅，豆蔻怀着忧伤，他叹道："相思只在，丁香枝上，豆蔻梢头。"

他独自站在院中，暖阳之下，只觉冰凉彻骨，回忆袭来，尽是悲伤……

他叫王雱，王安石之子，别人口中的"天之骄子"。幼时，家中客人送来一只鹿和一只獐。客人问："你可知哪只是獐，哪只是鹿？"他聪慧地回答："獐的旁边是鹿，鹿的旁边是獐！"

后来，王安石托人卖金，那人按"铢"零卖，少于原来的"两"数，王安石心中气恼，王雱劝道："铢铢而较之，至两必差！父亲又何必如此计较？"

常言道：虎父无犬子。这位少年在人前所展现的谈吐令人惊讶，人们总能在他的身上看到他父亲的影子。王雱听着那些赞美之辞长大，他越来越想活成父亲的样子。他崇敬父亲，曾给父亲画过一幅像，并题词："列圣垂教，参差不齐。集厥大成，光于仲尼。"这句话的意思是，父亲是远超孔子的圣人，是他心中近乎完美的神。

王安石悉心教导王雱多年，王雱不负父亲的期望，熟读经史子集，颇有见解，未到加冠之年，便已著书万言，著有《论语解》《孟子注》《新经尚书》《新经诗义》《王元泽尔雅》等书，可谓前途无量。入朝为官后，他极力支持父亲变法，遇事不论对错，一心只想帮助父亲稳住朝中的地位。在一众年轻的臣子中，他是天才，却也是疯狂的天才。

一日，王安石与程颢谈论变法之事，言语间提到以韩琦为代表的守旧党，不禁蹙眉苦恼。王雱闻之，随意披了一件衣裳，也未梳洗，便散发赤脚走到厅堂，怒声道："将韩琦、富弼等人拖出去砍头，新法便可施行！"

对待异己，王雱从不心慈手软。这让王安石为之一惊，他心中的王雱应是严律法、存仁善的，可如今的王雱，竟像一个杀人如麻的刽子手，无视生命，阴狠毒辣。他只能狠狠地呵斥儿子："你错了！"

程颢神情严肃地起身，指责道："我与你父亲商讨朝中要事，你年纪尚轻，不得胡言乱语，立即退下！"

王雱愤愤不平地离去，从此以后，不顾父亲劝阻，树敌无数。官场险恶，王雱毕竟还是太年轻，又色厉内荏，哪能斗得过那些老谋深算的狐狸？没过多久，王雱便患了"心疾"，整日郁郁寡欢，而后又暴躁易怒，最终不得不居家休养。

名贵的药材并未治愈他的病，反而让他越来越压抑，病情日益加重，甚至出现了幻觉。他疑心妻子庞氏红杏出墙，从最初的争吵演变成动手，但即使这样，庞氏依旧不离不弃，她坚信王雱总有恢复正常的一日。

对一个人失望，仅是一瞬间的事情。庞氏生下一子，本是喜事，王雱却言"貌不类己"，千方百计想杀死孩子，一番折腾之后，那孩子

虽不是王雱亲手所杀，却也是因他的举动而惊悸至死。孩子的夭折是压垮庞氏的最后一根稻草，她抱着孩子的衣物，泪流干了，心疼碎了，也没有等来王雱的道歉。她知道，他彻底疯了。

庞氏搬去了偏僻的小楼，终日不言不语，以泪洗面，长此以往，只怕会变成另一个王雱。那小楼夜夜传来哭泣声，闻者心伤，王安石不忍悲剧继续下去，便提出和离，又为庞氏安排改嫁之事。

她终于还是选择了离开这座华丽的牢笼，用余生去治愈心中无法愈合的伤疤。

那日，望着她离去的身影，王雱只觉心如刀割，却不敢拦住她的脚步。她的未来已不属于他。罢了！如今的他还能奢望什么？他只能将自己困在屋中，远离外界的嘲笑声、议论声。

后来，听闻她改嫁的消息，他不禁想起她嫁给自己时的情形。红烛摇曳，女儿娇羞，他缓缓握住她的手，深情地道出那句古老的誓言："执子之手，与子偕老。"

无法兑现的誓言，无法原谅的从前，他们终究是回不去了。

熙宁九年（1076），王雱得知父亲的旧日好友吕惠卿恩将仇报，挑拨是非，刻意打压，便决定走出那扇门，重返朝堂。一连数月，他暗中搜寻吕惠卿的罪证，指使人告发吕惠卿。谁料吕惠卿早有准备，手中握有王雱的把柄，反而诬陷王安石。

上天没有给王雱翻身的机会，他急火攻心，旧疾复发，没过多久，便因病而死，去世时年仅三十三岁。可悲的是，弥留之际，他也未曾见到庞氏。可怜，丁香枝头，豆蔻树梢，还寄存着他的相思。

不疯魔不成活，他这一生到底是为谁而活，竟活成这般可悲的模样！

斯文实有寄，天岂偶天才。

一日凤鸟去，千秋梁木摧。

烟留衰草恨，风造暮林哀。

岂谓登临处，飘然独往来。

这首《题雱祠堂》是王安石为祭奠爱子所作，诗中提到了"千秋梁木摧"，正是孔子之死的典故。孔子临终前七日，曾歌曰："泰山其颓乎！梁木其坏乎！哲人其萎乎！"此时，王安石提到"千秋梁木"，便是将王雱比作孔子。父子二人皆视对方若圣人，可见父子情深，彼此尊重。

王雱离世后，王安石也不再参与政事，在思念与惆怅中度过晚年。他也曾后悔，不该如此执着于变法，不该让王雱陷得太深，不该……

我们都曾"疯"过，为了某个人，为了某件事，不同的是，理智的人疯一时，偏执的人疯一世。

半生浮沉
谁人怜

# 桂枝香·金陵怀古

王安石

　　登临送目[1]，正故国[2]晚秋，天气初肃[3]。千里澄江似练[4]，翠峰如簇。归帆去棹残阳里，背西风，酒旗斜矗。彩舟云淡，星河[5]鹭起，画图难足[6]。

　　念往昔，繁华竞逐，叹门外楼头[7]，悲恨相续。千古凭高对此，谩嗟[8]荣辱。六朝旧事随流水，但寒烟衰草凝绿。至今商女[9]，时时犹唱，后庭遗曲[10]。

---

1　送目：远目，望远。

2　故国：旧日的都城，此处指金陵（今江苏南京）。

3　肃：肃杀、萧瑟，形容草木枯落，天气寒而高爽。

4　此句形容千里长江澄澈得像一条长长的白绢。语出谢朓《晚登三山还望京邑》："余霞散成绮，澄江静如练。"澄江：清澈的长江。练：白色的绢。

5　星河：银河，此处指长江。

6　画图难足：用图画也难以完美地表现它。难足：难以完美地表现出来。

7　门外楼头：指南朝陈被隋将韩擒虎灭国的惨剧，泛指六朝的终结。语出杜牧《台城曲》："门外韩擒虎，楼头张丽华。"门：指朱雀门。楼：指结绮阁。

8　谩嗟：空叹。谩，通"漫"。

9　商女：酒楼茶坊的歌女。

10　后庭遗曲：《玉树后庭花》，陈后主李煜作，哀怨绮靡，后人称之为亡国之音。杜牧《泊秦淮》有"商女不知亡国恨，隔江犹唱后庭花"之句。

熙宁九年（1076），王雱病逝，满堂缟素，最悲痛之人莫过于王安石。同年十月，王安石辞去宰相之职，外调江宁任官。

若世间尚有一处能令他心安，那便是江宁。他曾在那里为母亲守丧，也曾在那里钻研新法，那里是梦开始的地方，也将是梦结束的地方。

他走过小桥流水、亭台楼阁，望长江奔腾，叹王朝兴衰，便有了这首怀古之作《桂枝香·金陵怀古》。

词的上阕写金陵秋景，词人置身于山水之间，目之所及，皆是山水。正是深秋时节，词人登山临水，眺望四方，故都金陵已是萧瑟微凉。千里长江似白练，青翠山峰如箭镞。归来的船在夕阳中缓缓而行，西风起时，酒旗微微飘扬。霞光之下，江心薄雾起，彩舟如在云中游，白露如从星河起。如此秋景，哪怕是丹青也无法勾画。

"念往昔"，词人由景转情，回首往昔，金陵城何其繁华，只可惜，繁华尽处便是毁灭。当年陈朝，门外敌军已临，昏君陈后主却不知大祸将至，对国事不闻不问，与嫔妃张丽华寻欢作乐，自取灭亡。后世的统治者非但不引以为戒，反而继续挥霍，导致"悲恨相续"，相继亡国，悲恨不绝。

千古多少人来此怀古，感叹朝代更迭，盛衰荣辱。可是，文人皆知，六朝的旧事已随着流水消逝，此处只剩下寒烟与衰草。

隔岸又传来女子的歌声，词人不禁想起那首《泊秦淮》："烟笼寒水月笼沙，夜泊秦淮近酒家。商女不知亡国恨，隔江犹唱后庭花。"

直到今日，商女依旧唱着亡国之音——《玉树后庭花》。

商女至今犹唱遗曲，并非无知，而是为了时时提醒繁华中人，居安思危，有备无患。

王安石的心中住着万里河山，所做一切，不过是为了家国安宁。正是担忧"悲恨相续"，他才主张变法，变法未成，并不仅是他的错。

他少年成才，随父亲宦游各地，深入民间，体恤百姓疾苦。入仕后，放弃了入馆阁的机会，选择调往鄞县，任小小的知县，兴修水利，勤政爱民。之后，他又拒绝宰相提拔，只任地方官员，不慕名利，一心为民。

入京述职时，王安石作《上仁宗皇帝言事书》，第一次提出变法的主张，不过，宋仁宗并未采纳。直到宋神宗赵顼即位，召见王安石，任命他为参知政事，才于熙宁二年（1069），颁行新法。为何变法？无非是为了国富兵强。只是，新法总会触及某些人的利益，于是便有了保守派。朝廷官员分为两派，一派拥护，一派反对，明争暗斗，无休无止。其间，不少官员遭到流放、贬谪，也有政见不合者，主动辞官归隐。

走的走，留的留，朝堂已然不是曾经的朝堂。争吵、怀疑、压抑充斥着官场，这场文人相争关乎江山社稷，已不是普通的争论，朝堂之上的每一句话，都可能会影响到黎民百姓。

数年后，忽逢大旱，百姓流离失所，难民揭竿起义，群臣将罪责指向了"变法"，提出罢相，废除新法。后宫之中，曹太皇太后、高太后也言：王安石乱天下。

皇帝无奈之下，只能罢相，重用吕惠卿、韩绛二人。但吕惠卿忘恩负义，不念王安石的举荐之恩，竟构陷其弟王安国，又欲陷害王安石。幸而韩绛察觉，秘密请皇帝召回王安石。王安石复相后，本想继续推行新法，却不料变法派内部分裂，改革难以推行。大宋看似繁荣，实则内忧外患，这场变法注定失败。

最终，王安石离开了汴京，闲居江宁。他游遍金陵，咏史吊古，也时常在想，自己是不是过于偏执？如果变法之时，他考虑得周全些，是不是会有不一样的结果？至少，不会是今日的结果。

有时候，他也会想到一位故人——苏轼，心中有愧，不知如何言。

元丰七年（1084），苏轼奉诏往汝州上任，途经金陵，特意拜会王安石。只见荒山之上，王安石一袭布衣，骑着毛驴缓缓而来。

昔日英雄，如今已是白发老人，孤身一人，颇为凄凉。

两人相视一笑，将往日的恩怨抛却，如久别重逢的好友，执手行过山山水水，敞开心扉，无话不谈。家事、国事、天下事，他们在某种观点上竟达成了共识。

有些话，虽未言明，彼此却都知晓。

那夜，王安石醉了，他劝苏轼："何必去任官？不如买几亩良田，与我为邻，忘却俗事烦恼，从此，只与山水花鸟相伴。"

苏轼笑道："大人此言迟了十年！当年我若知晓你的心意，哪儿会有后来的纷争？"

是啊，他们的真诚整整迟了十年！

如果那时……

唉，没有如果，不如珍惜当下。

王安石笑着饮下最后一口酒。这一次，不仅是与苏轼和解，更是与曾经的自己和解。

唯有放下，才觉心安。

叶梦得《避暑录话》记载："王荆公不爱静坐，非卧即行。晚卜居钟山谢公墩，畜一驴，每食罢，必日一至钟山，纵步山间，倦则即定林而睡，往往至日昃及归。"

晚年，他或是山间行走，或是林下而眠，也曾写下抒发情感的小词，如《渔家傲》：

平岸小桥千嶂抱。柔蓝一水萦花草。茅屋数间窗窈窕。尘不到。时时自有春风扫。

午枕觉来闻语鸟。欹眠似听朝鸡早。忽忆故人今总老。贪梦好。茫然忘了邯郸道。

他眷恋小桥流水，繁花翠草，竹林幽静，茅屋可避雨，春风可扫尘，每日从睡梦中醒来，听鸟语，嗅花香，闲时，回想起为官的往事，竟觉恍如隔世。

他老了，他的故人们也老了。

此时，他是幸运的，远离喧嚣，自在清静。

若能在此终老，何尝不是一种幸福！

不负相思
不负君

# 卜算子

李之仪

我住长江头，君住长江尾[1]。日日思[2]君不见君，共饮长江水。

此水几时休，此恨何时已[3]。只愿君心似我心，定[4]不负相思意。

---

1　长江头：指长江上游，在今四川。长江尾：指长江下游，在今江苏。

2　思：想念、思念。

3　已：完结、停止。

4　定：此处为衬字。曲牌所规定的格式之外另加的字，称为"衬字"，一般用于句首或句中，以便更好地表情达意。

杨姝初见李之仪时，他正跌入人生的谷底，她轻轻弹奏的一曲，成了他余生的慰藉。

　　红颜白发之恋缓缓拉开序幕……

　　这段故事开始于北宋建中靖国元年（1101），那一年，苏轼病逝于常州。李之仪曾是苏轼的幕僚，追随苏轼多年，相交甚厚。丧讯传来之时，李之仪悲痛万分，待到苏轼的灵柩运至颍昌，他扶柩痛哭，含泪写下："从来忧患许追随，末路文词特见知。肯向虞兮悲盖世，空惭赐也可言诗。炎荒不死疑阴相，汉水相招本素期。月堕星沉岂人力，辉光他日看丰碑。"次年，李之仪的恩师范纯仁去世。此人乃是范仲淹次子，高风亮节，忠心耿直。李之仪为恩师作传记，得罪了宰相蔡京，被贬太平州。

　　故交与恩师相继离世，奸相当道，忠臣外放，此时，李之仪对朝廷已是心如死灰。在太平州，他遇到了闲居于此的黄庭坚，两人曾同为苏门中人，故友相见，百感交集。

　　宴席上，两人不禁回想起朝堂旧事，变法革新，"乌台诗案"，罢官流放，牵连者众。这些人皆有报国之心，治世之才，可惜，一场变故，所有的热情与希望都化为虚无，等待他们的是无尽的深渊。

伤感之时，一位才艺双绝的歌伎缓缓走来，原以为只是一场平淡无奇的歌舞，却不承想那位女子弹奏了一曲《履霜操》。

竟是《履霜操》！这首曲子对李之仪来说意义重大，恩师之父范仲淹一生只弹奏此曲，故人称"范履霜"。

《琴操》曰："《履霜操》，尹吉甫之子伯奇所作也。伯奇无罪，为后母谗而见逐，乃集芰荷以为衣，采楟花以为食。晨朝履霜，自伤见放，于是援琴鼓之而作此操。曲终，投河而死。"

相传，周宣王时期，重臣尹吉甫的长子伯奇本无罪，因后母谗言，伯奇被父亲赶出家门。伯奇编芰荷为衣，采楟花为食，清晨履霜，自伤自己无罪，便写成了琴曲《履霜操》。曲终，伯奇投河而死。

这首曲子仿佛在诉说被贬之臣的苦楚，听曲人早已成为曲中人，多少恨，多少怨，终是意难平。

一曲奏罢，李之仪已是眼含泪水。

有人殷勤地介绍："这位是太平州名妓杨姝。"

姝，字义是美好。《诗经》有云："静女其姝，俟我于城隅。"

他记下了这个名字。

那夜，李之仪提笔作词《清平乐·听杨姝琴》：

殷勤仙友，劝我千年酒。一曲《履霜》谁与奏，邂逅麻姑妙手。
坐来休叹尘劳，相逢难似今朝。不待亲移玉指，自然痒处都消。


不久之后，黄庭坚调离太平州，李之仪更觉孤独，满腹苦恨，更与何人说？

李之仪在《与祝提举无党》中写道："某到太平州四周年，第一年丧子妇，第二年病悴，涉春徂夏，劣然脱死。第三年亡妻，子女相继见舍。第四年初，则癣疮被体，已而寒疾为苦。"

四年的时间，他失去了发妻、儿子、女儿，已是一无所有，拖着一副病躯，终日活在绝望之中。太平州，成了他的伤心地，他时常在想，或许，哪一日自己也会撑不下去，在一个孤独的夜离开……

只是，天亮之后，他又真真切切地活着，继续感受着剜心之痛。

这样的日子过了多久？他已不记得，只记得春去秋来，花开花落，他始终一人。

直到那日，杨姝再一次出现在他的生活中，如璀璨星辰，照亮他的夜空。

她礼貌地行礼，随后，玉手轻抚琴弦，又是那熟悉的旋律，一曲《履霜操》，弹碎故人心。

回首前尘往事，仿佛在昨日。恩师悉心指点，故友举杯共饮，妻子执手相伴，儿女承欢膝下，若一切都未曾改变，该有多好……

一曲终了，他的幻想也随之消散。

只听杨姝轻声道："吾愿常伴君左右。"

从此，他的身边多了一位红颜知己。


这年秋日，李之仪携杨姝来到江水旁，对着长江水，写下了这首千古流传的爱情词《卜算子》。

我住长江源头，君住长江之尾，日日思念君，却不见君，只能共饮着长江之水。这江水什么时候枯竭？这心中的苦恨什么时候停止？

只愿你的心如我的心般至死不渝，便也不负我的这番相思情意。

这首词用语平常，却透着词人真挚的情感。世人无论经历如何，都可读懂其中深意，那句"定不负相思意"简简单单，却永恒不变。

一江之水虽阻断了两人的情缘，却没有改变两颗相爱的心，只要相思不移，便是地久天长。二人不顾世俗的流言蜚语，执意相伴，哪怕年龄相差甚多，哪怕身份相差太远，他们依旧坚定地成全自己的爱情。

这段感情何其艰难，从相遇到相思，好似跨越了沧海桑田。

相爱不易，相守亦是不易。

几年后，杨姝为李之仪产下一子，名为李尧光。正当夫妻二人沉浸在欢喜之中时，已有奸猾小人心生诡计。此人便是郭祥正，与李之仪曾有交游之谊，却心术不正，妒其才华。

政和三年（1113），郭祥正暗中搜寻证据，指使他人诬告，一纸诉状将李之仪夫妇告上朝廷，状告之由就是李尧光并非李之仪所生，而是杨姝与当地一名男子所生，李之仪借他人之子，欲图继承恩荫。杨姝本是官妓，出身不清不白，又小李之仪数十岁，李之仪老来得子，令人生疑。

朝堂之上，众人皆知宰相蔡京厌恶李之仪，均冷眼旁观，审案的官员一见诉状，不分青红皂白，便判李之仪重罪。

最终，李之仪被削官为民，杨姝被施以杖刑。最痛苦的是父子生离，朝廷令李尧光必须跟随母亲杨姝生活，李之仪不得与之相见。

这对李之仪来说是致命的伤害，他失去了人世间的依靠，又一次饱受离散之苦，真应了词中那句"日日思君不见君"，只是，君心可还似我心？

一处偏僻的庭院内，杨姝捧着一本书，一句句读着："我住长江头，君住长江尾。日日思君不见君，共饮长江水。"

那年幼的孩子也一句句学着，甚是乖巧。

她的心从未改变。


政和六年（1116），李之仪的外甥林彦政和门人吴可思为其申冤，方还了李之仪清白。

此时，李之仪已是暮年，留给这对痴情人的时间已然不多，他们只能珍惜相聚的每分每秒，不负光阴，不负彼此。

哪怕有一日，他白发苍苍、步履蹒跚，她还是会陪在他身旁，为他束发，扶他走路，伴他终老。

不求共白头，只愿与君常伴，年年岁岁便心安。

谁复挑灯夜补衣

# 鹧鸪天¹

贺　铸

　　重过阊门²万事非，同来何事不同归？梧桐半死清霜后³，头白鸳鸯失伴飞⁴。

　　原上草，露初晞⁵。旧栖新垅⁶两依依。空床卧听南窗雨，谁复挑灯夜补衣？

---

1　鹧鸪天：词牌名。因此词有"梧桐半死清霜后"句，贺铸又名之为"半死桐"。
2　阊（chāng）门：苏州城西门，此处代指苏州。
3　梧桐半死：枚乘《七发》中载，龙门有桐，其根半生半死，斫以制琴，声音为天下之至悲。孟郊《烈女操》："梧桐相待老，鸳鸯会双死。"此处即以"梧桐半死"喻妻子去世。清霜后：秋天霜降以后，代指年老。
4　头白鸳鸯：鸳鸯头上有白色的毛。李商隐《石城》："鸳鸯两白头。"引申为鸳鸯可以白头偕老。此处作者借白头鸳鸯喻自己年岁已老，鬓发已白，又失去了朝夕相伴的妻子。
5　露初晞：语出汉乐府挽歌《薤露》："薤上露，何易晞！露晞明朝更复落，人死一去何时归？"晞：晾干，风干。此处作者以原上草木露水初干，暗喻妻子新近去世。
6　旧栖：旧居，指两人以前居住的地方。新垅：新坟。

这是一首悼亡词，悼念亡妻。

历史上总有一些女子无法留下姓名，但千年之后，我们依旧能通过诗句读到她们那时的美好，方知爱若深情，可超越生死。

贺铸，长着最丑的面容，写着最美的情诗。他是宋太祖贺皇后族孙，出身高贵，博闻强记，为人豪爽，唯一的缺点就是面色青黑如铁，人称"贺鬼头"。他喜欢议论朝廷大事，批评指责，丝毫不留情面。即便是权贵，若稍有不足之处，他也会当面责骂。他敢说敢做，无所畏惧，哪怕是达官贵人邀他入府做客，他若不愿，也会拒绝。这样的人往往朋友甚少，但若与人结交，必是一生知己。

"鲜衣怒马少年时"，他如侠客般逍遥自在，作曲填词，无所不能，尝言："吾笔端驱使李商隐、温庭筠常奔命不暇。"

如此恃才傲物的"少侠"，令多少人不敢亲近，他以为永远不会遇到那个让他臣服的人。

直到遇见了赵氏。她是宗室之女，知书达理，端庄优雅。一个是任性的"少侠"，一个是乖巧的闺秀，那是他第一次感到自卑，总忧心自己配不上这个女子。

众所周知，爱贺铸的人，爱极了他；恨贺铸的人，也恨透了他。

那女子的家人如何看待他？能否接受他？同为贵族，也有高低之分，贺氏早已不如从前兴盛，求亲之路想必定是艰难万分。

几经周折，不负痴情，他终是三书六礼娶回了佳人。凤冠霞帔，十里红妆，鸳鸯共白头。婚后，二人相濡以沫，举案齐眉，闲暇之时，她会坐在廊下，静静地读他的诗文。

赵氏虽深居闺中，却也知晓朝中局势，贺铸为人耿直，并不适合暗潮汹涌的朝堂，他们的未来，只怕会很艰辛……


酷暑时节，烈日炎炎，贺铸瞧见赵氏已开始穿针引线，缝补冬衣，笑问："冬日尚早，为何如此着急？"

赵氏柔声回答："相传，古时候有个女子，将要出嫁之时，家人才想起来医治女儿脖子上的肿疮。若是等到寒冬才想起缝补，岂不是与古人一样愚笨？"

粗心大意的男子怎知生活如此复杂？柴米油盐皆是学问，是生活的学问，亦是处世的学问。若贺铸做官如赵氏持家一般周全细致，便也不会处处碰壁，抑郁不得志。

贺铸将这一问一答写成了一首《问内》：

庚伏压蒸暑，细君弄咸缕。

乌绨百结裘，茹茧加弥补。

劳问汝何为，经营特先期。

妇工乃我职，一日安敢堕。

尝闻古俚语，君子毋见嗤。

瘿女将有行，始求然艾医。

须衣待僵冻，何异斯人痴。

蕉葛此时好，冰霜非所宜。

一针一线皆是妻子的关爱，她总会默默地打理生活，在不知不觉间，家变得越发温馨。而他，本想争取更好的生活，奈何才华不为世用，以至于寸步难行。

贺铸少年时雄心壮志，怀有建功立业之心，只可惜，虽任武职，却位低事繁，后又在阴差阳错之下，改为文职，与少年志向相违。人到中年，依旧改不了少年时候的冲动，尚气使酒，郁郁不得志，最终，沦为下僚，官职卑微，空有贵族的头衔，却无贵族的荣耀。

人生潦倒之时，幸有赵氏不离不弃，无论仕途如何，始终守在他的身边。她曾是宗室贵女，金枝玉叶，而今为了他，暑日补寒衣，"洗手作羹汤"。贺铸外出任职，赵氏便一路跟随，拮据度日。若朝堂已经没有希望，至少家庭可以给予温暖，执子之手，无怨无悔。

可惜，安稳的日子并未长久。二人闲居苏州之时，赵氏忽染重疾，这病来得凶猛，郎中束手无策，汤药一碗碗饮下，人却日渐消瘦，终是香消玉殒，将贺铸一人留在人世间。

江南风景如画，他在那里享受过最闲适的时光，也经历过最悲痛的离别。那个知他、懂他、惜他的人不在了，他的人生还有什么值得留恋？从此之后，他与酒为伴，麻痹肉体与灵魂，虚度年华，日月蹉跎。

多年之后，贺铸重过苏州城，回想起曾经的点点滴滴，含泪写下这首《鹧鸪天》，因词中有"梧桐半死清霜后"之句，又名"半死桐"。

首句"重过阊门万事非"中的"阊门"是指苏州城门。马车缓缓走过阊门，词人再次踏上苏州这片土地，只觉得物是人非，万事万物皆不是从前的模样。苏州城分外沧桑，词人也无昔年风光，往事不堪回首，望着熟悉的城门，忍不住发问："与我同来之人，为何不能同归？"

这一问，问得悲痛又无奈。当年，夫妻二人一同来到苏州，已做好远离喧嚣的打算，谁知他们躲过了明枪暗箭，却没有躲过命运的捉弄。他失去的何止一个妻子，那是他前半生的爱及后半生的情。古老的庭院内，清霜之后的梧桐已是半死，池中鸳鸯也形单影只，词人更觉孤独与凄冷。

原野上，绿草悠悠，沾着的露珠须臾之间便消失不见。人生似晨露，竟如此短暂。他流连于旧时同栖的居室，那里有他们生活的痕迹；他又徘徊在垄上的坟前，那里有妻子归来的魂魄。

他独自躺在空床上，听着窗外的潇潇风雨声，又想起妻子挑灯补衣的一幕，不禁黯然神伤。往后的日子，谁还能为他补衣？怕是再也没有了。

这一生，他再也寻不到赵氏那般温柔的人。


后来，他留在了苏州，因那里是离亡妻最近的地方。

一个梅雨时节，晚年的贺铸遇见了一位姑娘，她步履轻盈地走过他的身旁，他目送着她离去，不知她姓甚名谁，家住何处，只记得，她的一颦一笑像极了那个人，勾起了他尘封已久的回忆。

许是相思太深，他写成了这首《青玉案》：

凌波不过横塘路，但目送、芳尘去。锦瑟华年谁与度？月桥花院，琐窗朱户，只有春知处。

飞云冉冉蘅皋暮，彩笔新题断肠句。试问闲情都几许？一川烟草，满城风絮，梅子黄时雨。


这首词一经问世，便赢得无数文人雅士称赞，因结尾一句"梅子黄时雨"，贺铸得了一个"贺梅子"的雅号。黄庭坚见此词，甚为喜爱，便作《寄贺方回》，诗中言："解作江南断肠句，只今惟有贺方回。"

世人羡其才名，却不知满纸相思言，皆为词人辛酸泪。

爱一个人会持续多久？

那将是地老天荒，直到彼此忘记……

唱尽悲欢又一曲

# 临江仙

晏几道

梦后楼台高锁，酒醒帘幕低垂。[1]去年春恨却来[2]时。落花人独立，微雨燕双飞。[3]

记得小蘋[4]初见，两重心字罗衣[5]。琵琶弦上说相思。[6]当时明月在，曾照彩云归[7]。

---

1 此二句描写眼前实景，"梦后"与"酒醒"互文。高锁：深锁，意为长时间关闭，描写所居之处的冷落寂寥。

2 却来：又来，再来。

3 此二句语出翁宏《宫词》："又是春残也，如何出翠帏？落花人独立，微雨燕双飞。"意境凄艳绝伦。

4 小蘋：歌女名。《小山词》作者自序："始时沈十二廉叔、陈十君龙家，有莲、鸿、蘋、云，品清讴娱客。每得一解，即以草授诸儿。"

5 心字罗衣：一种用心字香熏过的罗衣。一说是罗衣的领口绣有心字图案。两重：两个重叠的心字，有男女双方心心相印之意。

6 此句化用白居易《琵琶行》："低眉信手续续弹，说尽心中无限事。"

7 彩云：喻指美丽的女子，此处指小蘋。此句化用李白《宫中行乐词》："只愁歌舞散，化作彩云飞。"

北宋至和二年（1055），晏殊病逝，宋仁宗亲临祭奠，悲恸不已，为此罢朝两日，赐谥号"元献"，又以篆书在墓碑碑首刻上"旧学之碑"四字。

这是晏家最后一次殊荣。

晏家，终是落寞了。晏殊过世之后，晏家的权势大不如昔日，那些尊贵与荣耀皆成为过去。曾经百般奉承的人慢慢显露出丑恶嘴脸，要么落井下石，要么冷眼旁观。昨日堂前飞燕，今日陌室空堂，朱门繁华终成南柯一梦，梦醒之后，方知人间凄凉。

晏几道，晏殊第七子，天资聪颖，性情孤傲，七岁作文章，十四岁参加科考，中进士。他是晏殊最出色的儿子，自幼备受宠爱，在众星捧月中成长，数年之后，成为汴京城中有名的风流公子。少年成名，桀骜不驯，不喜官场之争，他便整日纵情诗酒，往返于秦楼楚馆。直到晏殊过世，现实的残酷接踵而来，这位相国之子仿佛一夜之间长大，体会了世态炎凉、人情冷暖，渐渐看清了浊世的本来颜色。

曾经歌舞场的女子一个个离他而去，带走了他对世间所有的爱与留恋。

这首《临江仙》大概也是对昔日人和事的追忆与道别。

他曾做过许多梦，梦境中，回到了从前的日子，高楼之上，女子轻歌曼舞，罗袜生尘。可惜，梦醒之后，只见"楼台高锁""帘幕低垂"。他的梦醒了，那高楼紧锁，那帘幕垂下，那梁上结网，好似从未拥有过风花雪月。

今年芳菲已尽，去年春恨却涌上心头，这恨非一朝一夕能够放下。此"恨"为何？大抵是物是人非吧！留不住繁华的过去，挡不住落寞的未来，人类在命运面前竟如此卑微。花开花落，只剩人独立；微雨绵绵，唯有燕双飞。

词人所念所想的人是谁？下阕给出了答案。

"记得小蘋初见"，小蘋，一个歌女。《小山词》序中言："始时沈十二廉叔、陈十君龙家，有莲、鸿、蘋、云，品清讴娱客。每得一解，即以草授诸儿。吾三人持酒听之，为一笑乐而已。"

初见之时，晏家还未落寞，晏几道邀沈廉叔、陈君龙一同饮酒，席间，小莲、小鸿、小蘋、小云四位歌女陪酒娱客，即兴作词，弹唱为乐。小蘋一袭罗衣出现在他面前，轻弹琵琶，低声浅唱。

那时的小晏公子年少风流，用"花天酒地"来形容也不为过，熟人不敢劝，生人不愿劝，只能由着他任性挥霍。如今想来，当时一幕幕都是错，只能拿起当年的琵琶，诉说心中的相思。

当时的明月，如今还在，这轮明月也曾照着小蘋彩云般的身影而归。"当时明月在，曾照彩云归。"明月依旧，彩云未归，这不仅是一种苦思，更是一种怀念。他放不下过去的生活，也放不下过去的自己，从云间跌落谷底，世上有几人能承受得住？他又不甘于向俗世低头，只能原地徘徊，无所归去。

明月曾照万物，为何照不见他的心？他远离官场，却在王安石变法之时，因一首《与郑介夫》而被以讽刺"新政"为名，逮捕入狱。那首诗仅有四句："小白长红又满枝，筑球场外独支颐。春风自是人间客，主张繁华得几时？"这是他写给友人郑介夫的诗，郑介夫反对变法被捕，办案官员搜查郑家时搜出此诗，便将晏几道定为同党之罪。一首小诗引发的冤案，令晏家雪上加霜。最后，虽然宋神宗释放了晏几道，但晏家经历此番变故，便再也回不到从前了。

那些莺莺燕燕自是离他而去，唯有他还执着于过去，幻想着明月下的"彩云"何时归来。

后来，他又写下一首首词，写给曾经的红颜，也写给曾经的自己。

一首《鹧鸪天》为玉箫而写：

小令尊前见玉箫，银灯一曲太妖娆。歌中醉倒谁能恨，唱罢归来酒未消。

春悄悄，夜迢迢，碧云天共楚宫遥。梦魂惯得无拘检，又踏杨花过谢桥。

一首《破阵子》为小莲而写：

柳下笙歌庭院，花间姊妹秋千。记得春楼当日事，写向红窗夜月前。凭谁寄小莲。

绛蜡等闲陪泪，吴蚕到了缠绵。绿鬓能供多少恨，未肯无情比断弦。今年老去年。

这些词是否浓挚深婉、凄婉动人？是，也不是。他只是在倾诉、宣泄、留恋。他太怀念过去，又太纠结未来。他将一首首情诗寄出去，却迟迟得不到回信。因为，曾经的那些人已经随着晏家的衰落而散去，他等不来任何人……

黄庭坚提起晏几道时，曾言："仕官连蹇，而不能一傍贵人之门，是一痴也；论文自有体，不肯一作新进士语，此又一痴也；费资千百万，家人寒饥，而面有孺子之色，此又一痴也；人百负之而不恨，己信人，终不疑其欺己，此又一痴也。"

此"四痴"，一是说他从不依靠父辈的关系去谋取官职；二是说他文章自然得体，却不参加科考；三是说他一生挥霍无度，以致家人饥寒交迫；四是说他一次又一次被人欺骗，却仍然不疑人。

他就是这样一个痴人，痴得彻底，痴得可悲。不过，若没有这种痴，便也不会有《小山词》。

《小山词》的序言中还写了几句话："追惟往昔过从饮酒之人，或垅木已长，或病不偶。考其篇中所记悲欢离合之事，如幻如电，如昨梦前尘，但能掩面忧然，感光阴之易迁，叹境缘之无实也。"

晚年之时，他似乎放过了从前的自己。

他的一生并不遗憾，只是无缘而已——与富贵无缘，与功名无缘，与俗世无缘。那些前尘往事，忘却也好，记得也罢，他终是不在乎了。或许，只有一个真正放下的人，才会如此吧！

《红楼梦》中甄士隐曾为《好了歌》做注解：

陋室空堂，当年笏满床。衰草枯杨，曾为歌舞场。蛛丝儿结满雕梁，绿纱今又糊在蓬窗上。说甚么脂正浓、粉正香，如何两鬓又成霜？昨日黄土陇头送白骨，今宵红灯帐底卧鸳鸯。金满箱，银满箱，展眼乞丐人皆谤。正叹他人命不长，那知自己归来丧！训有方，保不定日后作强梁。择膏粱，谁承望流落在烟花巷！因嫌纱帽小，致使锁枷扛；昨怜破袄寒，今嫌紫蟒长：乱烘烘你方唱罢我登场，反认他乡是故乡。甚荒唐，到头来都是为他人作嫁衣裳。

世间之事，瞬息万变，盛世无万年，生命无永恒，因果轮回，终是大梦一场。

痴人做着痴梦，说着痴话。那痴人道："若是初心未改，多应此意须同。"

未到白头
相辜负

# 卷珠帘

魏 玩

记得来时春未暮，执手攀花，袖染花梢露。暗卜春心共花语，争寻双朵争先去。[1]

多情因甚[2]相辜负？轻拆轻离，欲向谁分诉[3]？泪湿海棠花枝处，东君空把奴分付[4]。

---

1 花卜为民间的一种占卜术，以计数花朵奇偶断吉凶，往往是单数兆凶，偶数兆吉。辛弃疾《祝英台近·晚春》："鬓边觑，试把花卜归期，才簪又重数。"春心：怀春之心。

2 因甚：因为什么。

3 分诉：分辩诉说。

4 东君：司春之神。王初《立春后作》："东君珂佩响珊珊，青驭多时下九关。方信玉霄千万里，春风犹未到人间。"辛弃疾《满江红·暮春》："可恨东君，把春去，春来无迹。"分付：交付，发落。

春日闲，卷珠帘，家门多少不堪事，尽负流年。

这是一首关于婚姻与背叛的词，亦是词人一生的经历，有过期待，有过沮丧，有过绝望，前半生是痴情人，后半生是惆怅客。

"记得来时春未暮，执手攀花，袖染花梢露。"记得遇见他时，春光尚浓，她还是懵懂无知的小女子，最美好的事情莫过于牵住彼此的手，共折一枝花，晨露微微沾湿了衣袖，少女含羞地垂下头。她还偷偷幻想过未来，盼望海棠花能给予启示，争先去寻找并蒂双花，以期盼爱情美满。

她的一番深情，他为何要辜负？轻易毁约，轻易离去，她该向谁诉说？她只能来到曾经的海棠树下，暗暗垂泪，怨恨道："司春之神东君啊！为何要将我交付给无情之人？"

那是怎样的一个男子？

她的故事很长……


暮春时节，偌大的庭院一片寂静，女子左手捧着一方丝帕，右手持针，细细地绣着一对并蒂莲，同心芙蓉，寓意美满。

这女子名唤魏玩，字玉如，出身世家，才思敏捷，即将嫁给曾布为妻。曾布，出身官宦之家，少时丧父，跟随其兄曾巩一同求学，前途光明。魏家与曾家的联姻本就是出于"为我所用"的目的，一纸婚书，将两个陌生人捆绑，皆为利益，毫无爱情可言。可是，女子总是喜欢憧憬幸福的未来，此时，魏玩端详着绣帕上的并蒂莲，嫣然一笑，眸中闪烁着星光。

灼灼桃花，伊人红装，她成了他的娘子，曾布之妻。她未曾想过，这是一生悲剧的开始。婚后不久，曾布便赴京赶考，她独守空房，日日盼着郎君衣锦还乡。曾布不负众望，与兄长曾巩同时考中进士，一时荣耀，但他并未归家，而是选择外出任官，数年不归。

也罢，男儿志在千里，她岂能误了夫君的前途？她只能日日写词，消磨着无趣的春光。她的笔下有万里河山，有温暖人间，有相思缱绻。那年，杏花开得正艳，柳絮飘得极远，春游时，瞧见成双成对的恋人，勾起相思万千，她曾写《菩萨蛮·春景》："溪山掩映斜阳里，楼台影动鸳鸯起。隔岸两三家，出墙红杏花。　绿杨堤下路，早晚溪边去。三见柳绵飞，离人犹未归。"

"三见柳绵飞"，他已经离家整整三年，是否已经忘了她？"庭院深深深几许"，佳人凭栏等君还，一年年，一岁岁，问郎君，归不归？

天黑之时，她总会将灯火点亮，只恐晚归的他寻不到家，从春夏到寒冬，从繁花到落雪，她站在门前望着长街，却望不到他。她日渐憔悴，心中生了愁怨，却又不敢直言，只能趁着无人之时，默默写下一首《江城子·春恨》："别郎容易见郎难，几何般，懒临鸾，憔悴容仪，徒觉缕衣宽。门外红梅将谢也，谁信道、不曾看。　晓装楼上望长安，怯轻寒，莫凭栏，嫌怕东风，吹恨上眉端。为报归期须及早，休误妾、一春闲！"

韶华时光，她用来等待一个男子，等了不知多久，总也等不到他的归期。渐渐地，她厌倦了等待，甚至生出了"红杏出墙"的想法，只是，她的教养不允许她这么做。婚姻于她而言，仿佛就是一个牢笼，困住了她的青春、她的梦想、她的笑容，而她又无法逃离，若有一纸休书，也算是解脱。

她偶尔也会听闻一些关于曾布的传言，骂他胡作非为，责他寻花问柳，他的"官声"实在不怎么样。幸而夫妻聚少离多，她不用日日面对一个道貌岸然的男子。

后来，魏玩遇见了一个女童，那是曾布下属的孩子，姓张，活泼乖巧，才思敏捷。魏玩决定收养女孩，这孤苦的岁月总要有人陪她度过。魏玩视她如己出，将自己的才学悉数传授给她，张氏也颇有天赋，短短几年，诗词歌赋，无一不通。

转眼间，张氏出落得楚楚动人，而魏玩已是人老珠黄，此时，一封书信寄到了家中，原来，曾布要接母女二人进京。魏玩紧紧地握着那封家书，思量许久，不知该去，还是该留。

直到张氏走到她面前，劝道："母亲苦尽甘来，也该与父亲团聚团聚，女儿也想见见父亲。"

是啊！这孩子已许久未曾见过她的养父，虽说薄情郎弃她多年，可孩子何错之有？本是一家人，哪有永不相见的道理？魏玩的心终是软了，她点点头，应了下来。

汴京城，繁华依旧，魏玩走进曾布的府邸，只觉得自己如宾客，亭台楼阁，奇花异草，皆如此陌生。甚至，她名义上的夫君，也那么

陌生。相见之时，他假惺惺地掉了几滴眼泪，口中不停地道歉，她只当听了一出戏。

其实，分别多年，早就没有什么感情可言，他迟迟没有休妻，无非是因为她姓"魏"。为了名声，为了利益，他要将婚姻维持到底。

如今，曾布身为一朝宰相，更是注重自己的名声，他待魏玩极好，知她工诗善文，便日日相随唱和。这迟来的深情，着实感动了不少人。朝廷得知魏玩恪守妇德，才华非凡，多次褒奖，先是封她为瀛国夫人，后又封鲁国夫人。然而，他的"深情"骗得了那些人，却骗不了魏玩，她早就知晓他的"为官之道"——结交党羽，阿谀奉承，一步步走上宰相之位，脚下不知踩着多少人的枯骨。什么瀛国夫人，什么鲁国夫人，用尽手段博得这些虚名，不过是为了他的颜面罢了！

一日午后，曾布语气委婉地提出送养女张氏入宫，以张氏之貌，即便做不成嫔妃，做个女官也可，曾家在宫中总要安插一个自己人。

魏玩怎么也没想到曾布竟会将养女献给皇帝，深宫之中，钩心斗角，稍有不慎便会丧命。魏玩不忍养女受苦，本想拒绝，谁知曾布却道："她已经答应了！"

答应了？

魏玩自是不信他的鬼话，她立刻找来养女，一番询问之后，才知养女果真是心甘情愿入宫。

那一刻，她竟有些不认识面前这个女孩。

她在张氏的眼中看到了欲望，对权力、对地位、对金钱的欲望，那目光像极了年轻时候离家的曾布。

几度哽咽，她艰难地道了四个字："好自为之。"

她只当从未养过这个女儿，从此便是路人。

许久之后，魏玩偶然间听到府中仆役们的一段对话，关于张氏与曾布，这二人竟不顾人伦纲常，私下行苟且之事。

此等丑闻，她竟是最后一个知道。可笑！一个是自己的夫君，为了等待他，她耗尽了前半生的情；另一个是自己的养女，为了培养她，她倾尽了后半生的爱。她穷尽一生时光追求幸福，最后却换来了背叛。

原来，小丑竟是自己。

她不再懦弱，写下一首《卷珠帘》，向世人揭露他们的恶行，写了今天，写了从前，写了没有感情的荒年。

海棠落尽后，魏玩一病不起，离世时，无牵亦无挂，对人间已毫无留恋。恨吗？已经不恨了，只愿来世不要遇见他们。

灵堂之上，故人亲友含泪哀悼，只听张氏跪着哭道："香散帘幕寂，尘生翰墨闲；空传三壶誉，无复内朝班。"

多么讽刺，逝者已逝，生者竟还在唱戏。她用魏玩教给自己的才学作吊唁诗，几分真情，几分愧疚？

幸好，魏玩再也听不到这些虚伪的话语了。从此，世间再无魏夫人。

此情此意
几时真

# 鹧鸪天 · 寄李之问

聂胜琼

玉惨花愁出凤城[1]，莲花楼[2]下柳青青。尊前一唱《阳关》[3]后，别个人人第五程[4]。

寻好梦，梦难成。有谁知我此时情，枕前泪共阶前雨，隔个窗儿滴到明。

---

1　玉惨花愁：作者以玉、花自比，形容临别时愁眉苦脸。凤城：相传秦穆公之女弄玉，吹箫引凤，凤凰降于京城，故曰丹凤城，后因称京都为凤城。此处指北宋都城汴京（今河南开封）。杜甫《夜》："步檐倚仗看牛斗，银汉遥应接凤城。"
2　莲花楼：作者的闺楼，也是送别之处。
3　《阳关》：即《阳关曲》，泛指离别之曲，因王维《送元二使安西》"西出阳关无故人"而得名。柳永《少年游》："一曲阳关，断肠声尽，独自凭兰桡。"
4　人人：人儿，一般是对亲昵之人的称呼，此处指李之问。晏几道《踏莎行》："伤心最是醉归时，眼前少个人人送。"第五程：一程又一程。此句意思是作者送别李之问，别了一程又一程，不忍分离。

玉楼倩影，莺歌燕舞，卷珠帘，胭脂香，佳人一曲愁断肠。

这里是何处？

这里是勾栏瓦舍，是汴京城的男子消遣娱乐之所，有花香美酒，有美人霓裳，有琴曲小调。这里是醉生梦死的温柔乡。有些女子自幼便被家人卖到了此处，鸨母请来最好的师傅教导，从音律到舞蹈，从诗书到字画，无一不通，无一不晓，十年学艺，只为登台之时，惊艳四方。

聂胜琼便是如此，迎来送往，故友新客，皆是匆匆而过，转眼间，便绝了踪影。他们待她好，仅是一时新鲜，日子久了，便觉乏味，风月之地，哪有真情可言？今宵花前月下眠，明日忘却成路人，只恐薄情，更恐无情。

试问风尘女子，谁不想遇到一位良人，为她赎身，许她长安？只可惜，佳人福薄，良人太少。她们等了一日又一日，等到琵琶弦断，等到白云归去，等到日落西山，终是等不到那个人。

聂胜琼静坐在铜镜前，云鬓松松绾，晚妆淡淡抹，真正的美人从不需要浓妆艳抹，只凭一个眼神，便可俘获人心。今夜，她要去见一个人，一个能改变自己命运的男子。

莲花楼，聂胜琼带着目的而来，莲步款款，如弱柳扶风，惹人怜爱。她环视左右，目光落在了李之问身上，娇声唤道："李郎！"

此人名为李之问，一个月前，因任职期满来京述职，闲暇时，与友人同去青楼，在此邂逅了聂胜琼，一见倾心。后来，他每日都会来此，听她弹琴，与她对酌，诉不尽的衷肠，谈不完的情爱。可是，他终究不会久留于此，几封家书催促他速归，他只能归家……

今夜，有人于莲花楼设宴，为李之问饯行。聂胜琼知道，这是自己最后的翻身机会，若成，便可脱籍从良，离开这风月之地。她来此，只为留住他的心。

李之问递过一个眼神，她便乖巧地走过去，小心翼翼地斟酒。酒满，她端起酒杯，轻轻地叹了一口气，一双含情目含着泪光，不舍地问："李郎，明日当真要走？"

他是有家室的人，自然不能久留京中。他接过酒杯，什么话也没说，只将杯中酒一饮而尽。

她没有再挽留，缓缓弹奏一曲《阳关》，末句忧伤地唱道："无计留春住，奈何无计随君去。"

女子的意思已经再明白不过，只是，男子未曾答复。

曲也弹了，话也说了，为何还是不肯带着她走？聂胜琼不禁苦笑，相拥时说着海誓山盟，离去时毫不犹豫转身，莫非又是一个负心的男子？不，他们相处多日，她绝不会看错人。

次日，李之问离开汴京，聂胜琼望着远去的马车，心里终是不甘，毕竟，她也动了情，怎能轻易割舍？她回到莲花楼，人去楼寂，已无往日的满堂笑声。她落下几滴眼泪，不知是因为寂寞，还是因为委屈。

窗外，又闻雨声，她忽然想到温庭筠的《更漏子》："梧桐树，三更雨，不道离情正苦。一叶叶，一声声，空阶滴到明。"

记得，那人最爱温庭筠的词，她沉思良久，提笔作《鹧鸪天·寄李之问》，书罢，立即命人快马加鞭送给李之问。

李之问是在归家途中收到那封信的，短短的一首小词，道尽了离别后的相思。

"玉惨花愁出凤城"，玉是她，花也是她，送他出京之时，她已是满怀愁绪。那夜，莲花楼下柳色青青，她唱完一曲《阳关》，他便走了一程又一程。

渴望寻得一好梦，梦中与他相逢，无奈好梦难成。梦醒之后，谁知她此时此刻的情？她在枕上默默落泪，门外阶前飘着细雨，隔着窗，枕上泪、阶前雨一同滴到天明。

这首词就像一颗种子，深深地埋在男人的心底，让他时时想着，越想越痛，越想越愧，总有一日，他会承受不住相思之情，要么，抛下一切去寻她；要么，倾尽家财为她赎身。

她有真情，亦有心机。不过，男人只能看见她的真情，却看不见她的心机，他将这封信藏于木匣中，一路上，心里全是她的身影。


李府，当家主母语气温和地叮嘱下人："主君要回来了，庭院一定要打扫干净，万不能有落叶；再洒上些水，切不可扬尘；还有厨房，要准备好晚饭，记得温酒，主君不喜饮冷酒。"

下人们纷纷忙碌起来，没有抱怨之声，每个人都是笑逐颜开，毕竟，主君已经许久未回家了。

主母走回房中，精心挑选着衣裳。淡粉，会不会太娇艳？月白，会不会太素净？挑来选去，最后决定穿那件胭脂色的抹胸，青竹色的百褶裙，外面是鹅黄色的褙子，窈窕修身，端庄贤淑。她又坐在铜镜前，画眉点唇，绾发戴钗，她要夫君看见自己最美的样子。

　　黄昏时候，她站在门前，等待，张望，一双清澈的眼眸直直地盯着街口，直到熟悉的身影出现，顿时，热泪盈眶，疾步迎了上去，深情地唤一声："官人。"

　　"嗯。"李之问心不在焉地应了一声，便匆匆去了书房。

　　女子错愕地站在原地，只觉得夫君不似从前，陌生又疏远。接下来，一连几日，李之问刻意躲避着她，时而望着远方叹息，时而对着一张纸发呆。她看在眼里，痛在心里，她知道，他有心事，这心事大抵和女子有关。

　　终于，她鼓足勇气翻看那张纸，一字一字念着那首词。

　　她读懂了，读懂了一个女子的相思，不知该哭，还是该笑。多么深情的文字，隔着山海，竟能让她的夫君朝思暮想！

　　她也曾年轻貌美，也曾挥笔成诗，也曾一笑倾城，只是，嫁人以后，敛去一身光芒，留在他的身边，成为一个世人称赞的贤妻。贤惠，多么沉重的两个字，为他生儿育女，为他操持家务，为他侍奉父母，全是为了他。

　　如今，他的种种行为告诉她，他要纳妾了。

　　很可笑，是不是？她嫁给他，爱了他数十年，而那个女子，仅用一个月，便轻而易举地取代了她。

　　她输了，输给了一个风尘女子。这一刻，她的心彻底死了。

那日，她做了一个悲伤的决定，变卖了妆奁中的首饰，将换来的银子全部交给李之问，告诉他："她对你既是真心，便去赎她吧！"

她妥协了，并非因为懦弱，而是不爱了。一个变心的男子，永远不要试图挽回！她累了，不愿争抢，不愿猜忌，与其费尽心思讨男人欢心，不如从此放手，自在清净。

初春时节，聂胜琼进门了，衣着朴素，不施脂粉，规规矩矩地给主母请安、敬茶，礼数周全，无一错处。

这便是懂事吗？不是，倘若真的懂事，便不会有那首词。

主母平静地饮了一口茶，嘴里满是苦涩。

这才是一个宋朝女人绝望的时刻，自己留不住夫君的心，律法留不住夫君的人。纳妾，不过是一件寻常事。

明代梅鼎祚《青泥莲花记》记载："琼至，即弃冠栉，损其妆饰，委曲以事主母，终身和悦，无少间焉。"

妻与妾毫无间隙，不过是因为那个妻早已看破世间情爱，索性主动退去，留下一方戏台，让那对有情人卿卿我我，细细品尝兰因絮果之痛。

红尘千万事，爱了，恨了，像是一场梦，最后，花残梦碎，道不清谁负了谁，辨不明谁是谁非。深情又如何？假意又如何？全在漫长的时光中慢慢消磨。

此心若得
一株雪

# 回心院（其一）

萧观音

扫深殿，闭久金铺[1]暗。

游丝络网[2]尘作堆，积岁[3]青苔厚阶面。

扫深殿，待君宴。

---

1　金铺：门户之美称。苏轼《春帖子词·皇太后阁六首·其三》："朝罢金铺掩，人闲宝瑟尘。"

2　游丝络网：指飘浮在空中的蛛丝网。

3　积岁：多年。苏辙《送表弟程之元知楚州》："要须贤使君，均此积岁储。"

大康元年（1075），辽国，雪。

宫人捧着三尺白绫，踩着半尺深的积雪，脚步艰难地往牢狱的方向走去，那条雪白的绫纱在寒风中微微飘起。

有人即将枉死。此人是辽国最尊贵的女子——萧观音，耶律洪基的皇后，萧氏第一美人，因其容貌似观音，所以得小字"观音"。

相传，其母耶律氏曾梦见月亮坠落怀中，已复东升，光辉灿烂，不可仰视。渐升中天，忽然被天狗所食。耶律氏惊醒后，生下一个女婴。其父萧孝惠曰："此女必大贵而不得令终，且五日生女，古人所忌，命已定矣，将复奈何！"

贵人之命，不得善终，此等命数是福是祸？前路不可知，不敢知。

萧观音自幼便与众不同，不爱契丹的骑马射箭，偏爱汉人的经史子集。那时，大宋文化已传至辽国，那隽永清丽的文字如一阵春风，融化了冰封的人心。一座城，有了诗，便有了梦。

只可惜，契丹人不懂她的才情，只将她看作一颗棋子。她四岁便被家族指婚给耶律洪基，先为妃，后为皇后。初入宫廷，并没有所谓的争斗，耶律洪基待她极好，秋山打猎时，也要她随行，她还赋诗助兴："威风万里压南邦，东去能翻鸭绿江。灵怪大千俱破胆，那教猛虎不投降！"

他时常温柔地望着她，称赞道："不愧为女中才子。"

几年后，她生下皇子耶律浚，宠冠六宫，那是她一生中难得的无忧时光，二人携手望江山，他有他的青云志，她有她的女儿情。她以为人生会一直这般安稳，却不知深情无百日，男子最是薄情，更何况执掌生杀大权的辽国皇帝。

耶律洪基沉迷渔猎，她直言劝阻，写下《谏猎疏》，他读后，却再也不会如从前那般温柔地称赞。那日，他厌恶地转过身，越走越远，她错愕地站在原地，不知自己做错了什么，冥冥之中，已经预感到此生缘尽了。

他爱过她吗？是爱她的人，还是爱她的姓氏？如今，他羽翼丰满，皇位稳固，再不需要萧家的势力，她也沦为了弃子，无论如何都逃不掉被人鄙弃的宿命。曾经的誓言不过是一场笑话，转瞬即逝，也剩不下什么了。

北国的夜那么长，那么冷，夜夜思君，君不至。她孤独地等了一年又一年，等到绝望，等到心枯，于是含泪写了十首《回心院》词。

第一首是写打扫宫殿。

扫深殿，闭久金铺暗。游丝络网尘作堆，积岁青苔厚阶面。扫深殿，待君宴。

第二首是写擦拭象牙床。

拂象床，凭梦借高唐。敲坏半边知妾卧，恰当天处少辉光。拂象床，待君王。

第三首是写换香枕。

换香枕，一半无云锦。为是秋来展转多，更有双双泪痕渗。换香枕，待君寝。

第四首是写铺锦被。

铺翠被，羞杀鸳鸯对。犹忆当时叫合欢，而今独覆相思袂。铺翠被，待君睡。

第五首是写挂绣帐。

装绣帐，金钩未敢上。解却四角夜光珠，不教照见愁模样。装绣帐，待君贶。

第六首是写叠被褥。

叠锦茵，重重空自陈。只愿身当白玉体，不愿伊当薄命人。叠锦茵，待君临。

第七首是写展瑶席。

展瑶席，花笑三韩碧。笑妾新铺玉一床，从来妇欢不终夕。展瑶席，待君息。

第八首是写剔亮银灯。

剔银灯，须知一样明。偏是君来生彩晕，对妾故作青荧荧。剔银灯，待君行。

第九首是写点燃香炉。

爇熏炉，能将孤闷苏。若道妾身多秽贱，自沾御香香彻肤。爇熏炉，待君娱。

第十首是写弹奏古筝。

张鸣筝，恰恰语娇莺。一从弹作房中曲，常和窗前风雨声。张鸣筝，待君听。

铺开陈旧的纸张，提笔之时，写满了他的名字。待君宴，待君王，待君寝，待君睡，待君觇，待君临，待君息，待君行，待君娱，待君听，整整十个"待"字，回心院中等君归，怎知君心已变，等来了初雪霏霏，却等不来他的回心转意。

她请来宫廷乐师赵惟一，为《回心院》词谱曲，传唱于世，或许，某一日，那人便会听见她的倾诉。为作此调，赵惟一时常出入皇后的寝宫，一支竹笛，一把琵琶，二人合奏此曲，知音难寻，千古未有。他们沉浸于丝竹之声，却不知有人借此大做文章，散布谣言，指控二人私通。原本一场无关风月的感情被染尽污垢，人言可畏，人心难测，在宫人的眼中，她已是不贞不洁之人。

此时，婢女单登又拿出萧观音亲手所写的《十香词》，称这首香艳的词是为赵惟一而作。

青丝七尺长，挽作内家妆；不知眠枕上，倍觉绿云香。

红绡一幅强，轻阑白玉光；试开胸探取，尤比颤酥香。

芙蓉失新颜，莲花落故妆；两般总堪比，可似粉腮香。

蜻蜓那足并？长须学凤凰；昨宵欢臂上，应惹颈边香。

和羹好滋味，送语出宫商；安知郎口内，含有暖甘香。

非关兼酒气，不是口脂芳；却疑花解语，风送过来香。

既摘上林蕊，还亲御苑桑；归来便携手，纤纤春笋香。

凤靴抛合缝，罗袜卸轻霜；谁将暖白玉，雕出软钩香。

解带色已颤，触手心愈忙；那识罗裙内，销魂别有香。

咳唾千花酿，肌肤百合装；无非瞰沉水，生得满身香。

这首《十香词》根本不是萧观音所写，而是婢女单登为了诓骗她，称此词为宋国皇后所作，请她"御书"。萧观音信以为真，誊写后，又作七言绝句《怀古》一首，诗曰："宫中只数赵家妆，败雨残云误汉王。惟有知情一片月，曾窥飞燕入昭阳。"

谁知她随手誊写的词竟成为物证，将她推入地狱。有人又指出《怀古》诗中"宫中只数赵家妆""惟有知情一片月"之句，恰好含有"赵惟一"三字。

宫殿中，众人诋毁、诬陷，萧观音百口难辩，耶律洪基听信谗言，勃然大怒，拿起"铁骨朵"重重地击向她，血肉之躯，几乎殒命。

她吐出一口鲜血，苦涩地问道："为何不信我？"

夫妻数十载，为何宁可相信外人，也不愿信她？他只看了《十香词》，却未看《回心院》词。她泪眼婆娑地望着他，想为自己辩白，却因疼痛而难以发声，终是体力不支，昏死过去，醒来时，已身在阴冷的牢狱之中。

寒夜孤寂，无人听见那牢中的悲叹。她的骨肉被铁钉穿破，肌肤被炭火灼烧，依旧渴望看见那抹熟悉的身影，然而，她看不见，亦等不来。

辽国皇宫，枢密副使萧惟信斥责陷害皇后之人："公等身为大臣，方当烛照奸宄，洗雪冤诬，烹灭此辈（单登），以报国家，以正国体。奈何欣然以为得其情也？公等幸更为思之。"

耶律洪基闻言，无所动容，只道一句："赐自尽。"

殿外，太子、公主已跪在寒风中许久，他们一片孝心，愿代母受死，耶律洪基也只是漠然地斥责两句，再未多言。

一条白绫赐下，她知这是他的安排，她死了，便可平息他的愤怒。

大贵之人，不得善终，此乃命中注定。

胭脂亭西，几堆尘土，只有落花，飘散于风雨之夜。

京华倦客
谁人留

# 兰陵王·柳

周邦彦

柳阴直，烟里丝丝弄碧[1]。隋堤[2]上、曾见几番，拂水飘绵送行色[3]。登临望故国，谁识京华倦客[4]？长亭路，年去岁来，应折柔条过千尺[5]。

闲寻旧踪迹，又酒趁哀弦，灯照离席。梨花榆火催寒食[6]。愁一箭风快，半篙[7]波暖，回头迢递便数驿，望人[8]在天北。

凄恻，恨堆积！渐别浦萦回[9]，津堠[10]岑寂，斜阳冉冉春无极[11]。念月榭携手，露桥闻笛。沉思前事，似梦里，泪暗滴。

---

1 弄：飘拂。贺知章《咏柳》："碧玉妆成一树高，万条垂下绿丝绦。"
2 隋堤：指汴京附近汴河一带的河堤，隋炀帝时所建。
3 拂水飘绵：柳枝轻拂水面，柳絮随风飘舞。行色：行人出发前的情状。
4 京华倦客：作者自谓。作者久客京师，有身心俱疲之感。
5 柔条：柳枝，古人有折柳送别之习俗。曹丕《柳赋》："柔条阿那而蛇伸。"过千尺：极言折柳之多。
6 榆火：唐宋时，朝廷在清明时节以榆柳之火赐百官，故有"榆火"之说。寒食：中国传统节日，清明前一日或二日为寒食，禁烟火。
7 半篙：指撑船的竹篙没入水中。苏轼《游桓山会者十人以春水满四泽夏云多奇峰为韵》："孤帆信溶漾，弄此半篙碧。"
8 望人：指送行的人。
9 渐：正当。别浦：送行的水边。萦回：水波流荡，回旋往复。
10 津堠（hòu）：渡口附近供人休息和瞭望的土堡。
11 春无极：春色一望无际。

那年，杨柳飞絮，十里长亭，周邦彦携着满心的疲倦，黯然离京。

离京之前，留下了这首《兰陵王·柳》。

"柳阴直，烟里丝丝弄碧。隋堤上、曾见几番，拂水飘绵送行色。"这几句是写景，晨雾中，碧绿的柳枝随风飞舞。古老的堤上，曾多少次柳絮飘扬，送走一位位远行之人。词人也曾在这里为别人饯行，熟悉的地点，熟悉的杨柳，这一次，终于轮到了他。

他是钱塘人士，后入京为官，思乡之时，总会登高远望故乡的方向，虽望不见，但也心安。一年年，一岁岁，离乡的日子格外漫长，他早已厌倦了繁华的汴京，谁懂这位"京华倦客"的痛呢？长亭外，年去岁来，他折下无数柳枝递给好友，送别故人。那时候，他的心何其悲凉，该走的人走了，不该走的人也走了，偏生只有他留在原地，不得归去。

如今，他终得自由，踏上了属于自己的客船。

"闲寻旧踪迹"，船上，词人回忆旧时往事，想起寒食节前的一晚，佳人为他设宴饯行。席上，灯火昏黄，管弦凄凉，饮下一杯浊酒，皆化作断肠泪。人们谈起"梨花""榆火"，他才知寒食将至，已是别期。

那晚的人，那晚的话，令他难以忘怀。汴京，一个让他又爱又恨的地方，他在那里认识了红颜知己，又在那里遇见了阴险小人。此时，客船越行越远，他望着岸边，心中满是愁绪。"望人在天北"中的那个人，应是他最为留恋之人，也是他余生的牵挂。

他最是盼望离去，可离去之后，又是满心凄苦，愁恨堆积。河岸迂回曲折，渡口一片寂静，斜阳冉冉，春光无限。他又想起与那人月下漫步、桥头听笛的情形，沉思往事，只觉似梦一场，泪水湿了眼眶，不愿别人知晓，只能躲在无人的地方，独自流泪，偷偷拭去。

词人是孤独的，是矛盾的，是感性的。他明明爱着这座城，可又不想成为倦客；明明渴望离去，又不舍离去。或许，每个身在异乡的人都曾有过这种心情，初来时，满怀激情；离开时，满怀忧伤。

那年，他正官运亨通，偏偏在春风得意之时突然离去，其中缘由引人猜测，是因那桩风流公案，还是被形势所迫？

先说那桩公案。北宋末年，汴京出了一位才貌双全的名妓，名为李师师。她本姓王，三岁时，父亲把她寄名佛寺，寺中老僧见她颇有慧根，认为她很像佛门弟子，因当时称佛门弟子为"师"，便叫她王师师。后来，父亲因罪而死，师师流落青楼，随青楼经营者李蕴的姓氏，改名李师师，开始学习琴棋书画、歌舞管弦，不过数年时间，便已成为名满京城的才妓，无论是王孙公子，还是文人雅士，皆拜倒在其石榴裙下。

朝中不少官员都与她有过交集，比如张先、晏几道、秦观、周邦彦，就连后宫佳丽三千的宋徽宗赵佶也忍不住一睹芳容。懂事的臣子知晓皇帝的心思，纷纷避嫌，不敢再见李师师，唯独周邦彦偏要在刀尖上行走，不仅夜会佳人，还为佳人吟诗作词。

那晚，周邦彦正与李师师把酒言欢，怎知皇帝突然叩门，周邦彦走也不是，留也不是，惊慌之下，躲到了床下。赵佶走入房中，并未察觉出异样，他缓缓递给李师师一个新鲜的橙子，笑道："这是江南进贡之橙，我特地带来给你。"

李师师接过橙子，先是拿起并刀划开橙皮，橙皮之香在空气中散开，接着纤纤玉指优雅地剥开鲜橙，再蘸着洁白似雪的吴地白盐，最后送入口中，细细品尝其中滋味。

尝过美食，李师师又点燃一支熏香，调弄手里的笙，与皇帝谈论起音律。不知不觉间，已到夜半三更天，李师师提醒道："天色已晚，今夜官家要住在何处？屋外寒风凛冽，霜重露浓，马易打滑，不如不要走了，街上已少有人行走。"

此番话透着挽留之意，美人有情，公子有意，自然愿意共度良宵。这边二人情意绵绵，那边周邦彦五味杂陈。次日，周邦彦写了一首《少年游》："并刀如水，吴盐胜雪，纤手破新橙。锦幄初温，兽烟不断，相对坐调笙。　　低声问：向谁行宿？城上已三更。马滑霜浓，不如休去，直是少人行！"

词中所写正是那晚的事，经过词人的润色，更为缠绵。李师师仰慕周邦彦的才华，便亲自为这首词谱曲，并为客人清唱。不巧的是，皇帝再临青楼时，听见了《少年游》，知晓那晚房中另有他人，问是何人所作，李师师不敢欺君，只能道出周邦彦的名字。皇帝听后，龙颜震怒，立即罢黜周邦彦的官职，并逐出京城。

周邦彦因词生祸，李师师心中愧疚不已，离别之时，亲赴长亭，目送故人远去。回到青楼后，宋徽宗正在那里等她，知她去送周邦彦，

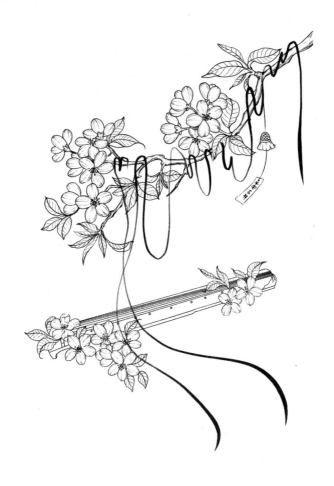

并未怪罪，只是随口问了一句："他可有词留下？"

"有。"李师师点了点头，转身拿起玉琴，弹着忧伤的旋律，将这首《兰陵王》缓缓唱出。

宋徽宗听后，又生爱才之心，便派人将其召回，继续重用。

这段故事记载于宋代文人张端义的《贵耳集》，虽有杜撰的成分，但周邦彦、李师师、宋徽宗三人确实有着千丝万缕的关系。

若抛去故事不谈，只谈这首词的背景，也确是周邦彦离京时所作。

宋徽宗登基后，重视才学诗文，像周邦彦这种词坛大家本可以得到提拔，但官场险恶，帝王昏庸，心存正道之人如何生存？周邦彦不愿与奸臣蔡京合作，自称"京华倦客"，不得不远离朝廷是非。

那日，雾霭沉沉，折柳相送，他回望着京城，眼中有惆怅，有不舍，有怨恨，却还是坚定地转身，踏上去往异乡的路。顺昌、处州，他走了许多路，见了许多人，走走停停之时，也放下了过去。

徽宗宣和三年（1121），周邦彦病逝于金陵。那时，大宋官场已是浑浊不堪，众人沉浸在盛世美梦之中，殊不知敌人的刀剑已经挥下。

六年后，宋徽宗被俘，大宋疆土陷入风雨飘摇之中。繁华，顷刻湮灭，百姓不再议论那些君臣旧闻，也无人再提起下落不明的李师师，所有人都在逃亡，或是死亡。

一晌贪欢

终成梦

# 燕山亭·北行见杏花

赵　佶

　　裁剪冰绡[1]，轻叠数重，淡著燕脂[2]匀注。新样靓妆[3]，艳溢香融，羞杀蕊珠宫女[4]。易得凋零，更多少、无情风雨。愁苦，闲院落凄凉，几番春暮。

　　凭寄[5]离恨重重，这双燕，何曾会[6]人言语。天遥地远，万水千山，知他故宫[7]何处。怎不思量，除梦里、有时曾去。无据[8]，和[9]梦也新来不做。

---

1　冰绡：洁白的丝绸，此处喻指杏花花瓣。
2　燕脂：即胭脂。
3　靓（jìng）妆：华美的妆饰。
4　蕊珠宫女：指仙女。蕊珠：即蕊珠宫，相传为仙人所居之宫阙。
5　凭寄：凭谁寄，托谁寄。
6　会：领会，理解。
7　故宫：指作者昔日居住的皇宫。
8　无据：不知何故。
9　和：连。

暮色将至，微雨将汴京城的天空染上一层鸦青色，如晕散的淡墨。雨中的皇宫格外寂静，偌大的宫殿中只有赵佶一个人的身影，他右手拿着茶筅快速地击拂茶汤，直到盏中茶沫上浮，咬盏不散，才满意地放下茶筅，疾声唤来一位大臣，不谈朝政，只为品茶。

　　此时，他不再是君主，只是一位爱茶的隐士，可为臣子点茶，可为茶学著书，就连茶盏也是精挑细选的，"盏色贵青黑，玉毫条达者"。

　　雨后初晴，天青如瓷，赵佶走出大殿，脚下的玉阶积着一摊雨水，他低头，望见水中的倒影，不禁想到古人的诗句："好雨知时节。"这场暮春之雨来得正好，一洗天地尘，分外清朗……


　　寒风夹杂着冰雨冷冷地拍在身上，似利刃反复刺入，赵佶艰难地睁开双眼，望着四周的荒凉原野，好一会儿才反应过来：原来，刚才的岁月静好都是一场梦。

　　没有微雨，没有茶盏，也没有臣子，这一切，是梦，也是过去。

　　如果没有那场战乱，他还是大宋的皇帝。他爱绘画、爱书法、爱茶学、爱品香、爱诗文、爱蹴鞠，他是汴京城最优雅的男子，时而是龙椅上的九五之尊，时而是市井中的文人墨客。在盛世，这样的帝王叫风流；在乱世，这样的帝王叫昏庸。

其实，他本不该成为皇帝。很久之前，他还是一个闲散王爷，养尊处优，与世无争，怎料宋哲宗英年早逝，朝堂、后宫各方势力角逐，他被硬生生推上了皇位。登基以后，他取消了那些新党旧派，朝廷焕然一新。初政，他还是一个好皇帝，可后来，他越发痴迷于艺术，玩物丧志，渐渐失去了本心。

当他在皇家园林里悠闲地画着《五彩鹦鹉图》时，他不知民间已经纷纷起义，更不知自己所信赖的臣子其实腐败不堪。他听闻金兵蠢蠢欲动，也会惶惶不安，只是，又能怎么办呢？他实在不知该怎么办！他如此懦弱，如此堕落，如此自私，他厌恶自己，又无法改变。

宣和七年（1125），金兵南下，侵入大宋山河，易州投降，中山失守，金兵步步逼近，离东京仅有十日路程，赵佶不愿背负亡国的罪名，想弃国南逃，临走前，他写下传位诏书，传位给太子赵桓，将一个千疮百孔的国家交给了自己的儿子，改年号为"靖康"。次年，正月初三，赵佶听闻金兵已渡黄河，惶恐难安，便借着"烧香"之名，连夜逃出汴京，向南而去。

赵桓独守汴京，试图挽救风雨中的大宋，然而，奸臣当道，百姓怨恨，哪怕是尧舜在世，也无法拯救这个残败的国家。金兵两次围城，城中之人犹如砧板上的鱼肉，任人宰割，早已失去反抗的能力。

靖康二年（1127），金兵攻下开封外城，却不继续进攻，而是宣布议和，诱赵桓屈辱投降。而后，金人又索要大量金银玉帛。多年战乱，国库早已空虚，朝廷只能抢夺官员、商民之物，金人不费一兵一卒，便让汴京城内怨声载道。那一年，城外是敌人的兵刃，城内是官吏的枷锁，凡有藏匿金银不交者，无论身份地位，皆杖责问罪。曾经繁华的京城瞬间沦为地狱，疫病肆虐，食不果腹，亡者不计其数。

即便如此，金人还是不肯放过汴京百姓，金太宗完颜吴乞买下诏废赵桓为庶人，立张邦昌为帝，继续在城中搜刮财物，烧杀抢掠，无恶不作。撤退之时，金人押走宋徽宗赵佶、宋钦宗赵桓及皇后、妃嫔、公主、官员、工匠等，俘虏上万人。

这是国家之殇，百姓之痛。那一年，赵佶如囚犯般离开汴京，回望城墙，皆是断壁残垣，鲜血白骨。他遥望宗庙，深深一拜，算是与列祖列宗辞别。

他默默地自问："此生，还能活着回来吗？"

北上之路遥远又痛苦，赵佶经历着肉体与精神的双重折磨。北方苦寒，一路风餐露宿，那些金人表面尊重他，暗中却肆意嘲讽，甚至将他的嫔妃、帝姬（公主）送给将士，供金人贵族享乐。赵佶敢怒不敢言，只能在黑夜中暗自垂泪，悔恨不已。

那日，行至一处别院，赵佶望见一棵杏花树。正是杏花凋零之时，纯白的花瓣缓缓飘落，落进尘埃中，沾染一身泥垢。生来洁净，死于污浊，这命运像极了如今的他，从至高处跌落，所有的光芒都将失去颜色。

于是，他写下这首《燕山亭·北行见杏花》。上阕写杏花，"裁剪冰绡，轻叠数重，淡著燕脂匀注"，他笔下的杏花是经过裁剪的雪白丝绸，花瓣层层叠在一起，又涂抹上淡淡的胭脂。略施粉黛，似装束靓丽的美人，散发出阵阵清香，这样的杏花，羞煞天上蕊珠宫的仙女。

盛开时有多么明媚，凋落时就有多么衰败。多少洁白的杏花，被摧残之后，片片凋零，最后只剩下一树空枝。词人独自走在院中，只觉失去了春景的院子格外凄凉，这棵孤独的杏花树还要经历几番春暮，几番凋零？词人不禁想起自己的命运，他的人生已经历过一次黑暗，往后，还要经历多少黑暗？一国之君沦为阶下囚，行千里路，去往一个陌生的地方。他怜惜杏花，又何尝不是怜惜自己？

词的下阕皆是悲伤，"凭寄离恨重重"，他的愁苦，他的离恨，谁能寄出？天边，燕子双双南归，只可惜，双燕不懂人语，怎能将他的痛苦传达？可是，除了南飞的燕儿，又有谁能将思念传递？

"天遥地远，万水千山"，他们离汴京越来越远，南望之时，已不知汴京皇宫在何处。偶尔，他会在梦中重返故地，感受曾经的温暖。梦中，茶香袅袅，他拿起画笔，勾勒江山万里。

"无据，和梦也新来不做。"某夜，他再也梦不到汴京了。一个人，若连梦都失去了，那便只剩下彻夜的痛苦。

终于，他们到了金国都城，金人命令赵佶、赵桓二位帝王及其嫔妃、宗亲等人身着金人服饰，行"牵羊礼"。而后，金帝又封赵佶为"昏德公"，封赵桓为"重昏侯"，一个"昏"字时时刻刻提醒二人乃是昏庸之君，让他们永远记得亡国之耻。金人将他们囚禁于此，饱受冰雪之寒，至死方休。

九年后的一个清晨，赵佶悄然离世，被人们发现时，尸身已经僵硬。他在孤独中走完了人生的最后一程，没有留下只字片语，就这样离开了。离开时，北方还未迎来暖春，冰天雪地中，他似乎看见了汴京的故宫，尝到了侍女奉上的新茶……

再也不用托燕寄情，因为，灵魂已归故里。

半生飘零
半生愁

# 声声慢

李清照


寻寻觅觅[1]，冷冷清清，凄凄惨惨戚戚[2]。乍暖还寒[3]时候，最难将息[4]。三杯两盏淡酒，怎敌[5]他、晚来风急！雁过也，正伤心，却是旧时相识。[6]

满地黄花堆积，憔悴损[7]，如今有谁堪[8]摘？守着窗儿，独自怎生得黑[9]！梧桐更兼细雨，到黄昏、点点滴滴。这次第[10]，怎一个愁字了得！


---

1　寻寻觅觅：意思是想找回失去的一切，表现出一种迷茫怅惘的心态。

2　戚戚：忧愁苦闷的样子。

3　乍暖还（huán）寒：忽然变暖，又忽然转冷，此处指深秋天气变化之快。

4　将息：唐宋时俗语，调养休息之意。

5　敌：对付，抵挡。

6　雁过也：大雁向南飞去。旧时相识：指大雁。相传鸿雁能够传书，《汉书·苏武传》："天子射上林中，得雁，足有系帛书。"作者即景生情，回忆早年曾作《一剪梅》寄予丈夫赵明诚，词曰："云中谁寄锦书来？雁字回时，月满西楼。"

7　损：枯萎。

8　有谁：有何，有什么。堪：可。

9　怎生得黑：怎么能挨到天黑。怎生：宋时口语，如何、怎样。

10　这次第：这般情形，这般光景。

她于人间寻寻，于红尘觅觅，终是孤独一人。

回首叹："物是人非事事休。"

秋，一个特殊的季节，有人爱极了它，有人恨极了它。爱它的人，是爱它的清凉；恨它的人，是恨它的萧瑟。有人觉得它带来了希望，有人认为它带去了离愁。

曾几何时，李清照笔下的秋日绚丽多姿，哪怕是深秋叶凋，哪怕是芳香稀少，她依旧觉得湖光山水无限好。于是，她写《双调忆王孙·赏荷》："湖上风来波浩渺。秋已暮、红稀香少。水光山色与人亲，说不尽、无穷好。　　莲子已成荷叶老。青露洗、蘋花汀草。眠沙鸥鹭不回头，似也恨、人归早。"

写这首词时，她才二十多岁，青春芳华，天真无邪，如沾着晨露的花。人在年少的时候，便觉万事万物都是美好，不会为花的凋零而叹息，遇见枯荷老叶，也只会欢喜地道一句："莲子已成。"

秋风过，吹起女子如墨的长发，也无哀伤也无忧，只觉清凉宜人，最美不过秋光。那时候的她怎会知道未来的路如此艰辛……

大宋有女，一纸诗文，名动天下。李清照，生于书香之家，父亲李格非曾是苏轼的学生，任礼部员外郎。此等出身，何其令人羡慕，不必为柴米油盐而忧愁，不必为家长里短而抱怨，她的世界只有墨香。春来读书，冬来赏雪，望汴京繁华，书千秋岁月。

她的诗文中不仅有"倚门回首，却把青梅嗅"，还有"不知负国有奸雄，但说成功尊国老"，文人的笔，亦是手中的剑，可守住柔情初心，可指点江山社稷。

十八岁那年，她嫁给了太学生赵明诚，婚后无限温柔，赌书泼茶，琴瑟和鸣。她知夫君喜爱金石古籍，便节衣缩食，将全部钱财用来购买金石，并助夫君完成《金石录》。那段岁月如此喜乐，夏日听蝉，东篱把酒，月下一曲寄流年，只愿携着他的手，将春秋看遍。

又是一年秋，铜炉香绕，菊花酿酒，风乍起，卷帘人望着庭前的黄花，不禁心生酸楚。重阳佳节，偏偏夫君远行在外，无缘共饮美酒，她于深闺之中写下《醉花阴》："薄雾浓云愁永昼，瑞脑销金兽。佳节又重阳，玉枕纱厨，半夜凉初透。　　东篱把酒黄昏后，有暗香盈袖。莫道不销魂，帘卷西风，人比黄花瘦。"

薄雾弥漫，白云浓密，萧瑟秋日满是忧愁。又逢重阳佳节，女子慵懒地卧在纱帐中，半夜凉气袭来，惊醒了佳人。她一边饮酒，一边赏菊，淡淡的菊香溢满衣袖。相思情起，别离更忧，那人儿竟比黄花消瘦。

这首词既有伤感，也有深情。从此，秋不再是无穷好，而多了几分幽怨，几分柔情。思念常留，此情悠悠。


她的梦破碎于"靖康之变"，转眼间，山河沦陷，他们离开了生活多年的家园，一路漂泊，一路烽火，所经之处，皆是残破，再无繁华。

不久之后，赵明诚改知湖州，赴任途中，不幸病逝。她唯一的依靠也离去了，纵然在战乱中活了下来，又有何意义？

那年，秋风袭过，带走了仅剩的一丝温暖，徒留下凄凉。

僻静的院落堆满了落叶，此处便是她的居所，既无仆从，也无亲友，一座城，一间屋，一个人。她忘记了今夕是何年，只知今夕是乱世，她依旧不能归家。

她又醉了。醉了，便会想起故人。

女子走过荒凉的小院，枯草丛生，秋风正急，只听她哽咽地吟唱着那首旧词《声声慢》："寻寻觅觅，冷冷清清，凄凄惨惨戚戚。乍暖还寒时候，最难将息。三杯两盏淡酒，怎敌他、晚来风急！雁过也，正伤心，却是旧时相识。　满地黄花堆积，憔悴损，如今有谁堪摘？守着窗儿，独自怎生得黑！梧桐更兼细雨，到黄昏、点点滴滴。这次第，怎一个愁字了得！"

七组叠词，反复吟唱，将悲伤写到了极致。她苦苦地寻觅，寻觅着往日的记忆，渴望寻到心灵的慰藉，寻来寻去，却只寻得人间冷清，心绪飘零，凄惨悲戚。自赵明诚过世，她的世界便只剩下哀思，寻寻觅觅，再难寻到故人。

秋天是忽暖忽寒的季节，昨日还艳阳高照，今日便疾风骤雨，谁也无法预料何时将寒，恰如战乱之中，无人知晓家国的命运。这样的时节，这样的命途，如何入眠？睡觉，竟成了最难的事情。

思绪不断，便只好起身披衣，饮三杯两盏淡酒，酒入腹中，忽觉暖意，只是仍然抵不住夜晚的寒风。那风呼啸而来，吹得枯叶沙沙作响，惹人心乱，她欲借酒消愁，又怕酒醉心更忧。

突然，天边传来大雁的悲鸣，那声音似曾相识，竟像是旧日为自己传递信笺的鸿雁。她推开门，试图寻找那只大雁，却不见雁的踪影。她苦笑，终是自己太过痴傻，当年的大雁早已在战乱中孤老，怎会跨越千山来寻她？并非旧时相识，更似旧时相识，雁过江南，必定是北方的大雁，来自中原，来自故乡。

"满地黄花堆积"，黄花便是菊花，菊花堆满地，憔悴不堪，应该许久无人呵护。残花枯叶，还有谁愿意采摘？当年，她叹"人比黄花瘦"，如今，是不是该叹"只怜黄花瘦"？佳人独对黄花，如何独自熬到天黑？有人陪伴之时，便不觉时光漫长；当生活只剩下自己，方知度日如年的痛苦。

好不容易到了黄昏，又下起绵绵秋雨，点点滴滴，仿若剪不断的愁。院中梧桐树默默地承受着风吹雨打，无依无靠。她何尝不是那棵梧桐树，也曾如期绽放过一树的梧桐花，只是花开花落，最终难逃落入尘埃的宿命。花自归去，徒留枝干，独自熬过冷秋寒冬。

这般光景，怎能用一个"愁"字了结？全词以"寻觅"开始，以"愁"结束，看似结束，又没结束，欲说还休。

她也曾深爱过秋色，哪怕凄凉，哪怕凋零，只要心有希望，便不觉感伤。如今，秋成了她的愁，那是历经沧桑的哀愁，是无可奈何的离愁。她终于明白，所有的情感与季节无关，没有他的四季，皆是孤独。她唯一能做的事情便是活着，守着那段陈旧又美好的记忆。

人生的终点在何处？她的人生早已结束在那年深秋。心无希冀，便是终点。

壮志未酬
身已老

# 诉衷情

陆 游

当年万里觅封侯¹，匹马戍梁州²。关河梦断何处³，尘暗旧貂裘⁴。胡⁵未灭，鬓先秋⁶，泪空流。此生谁料，心在天山⁷，身老沧洲⁸！

---

1 万里觅封侯：奔赴万里之外的疆场，寻找建功立业的机会。

2 戍梁州：指乾道八年（1172）作者在汉中王炎的四川宣抚使署任职期间的军幕生活。戍：防守。梁州：此处指兴元府治所南郑（今陕西汉中）。《宋史·地理志》："兴元府，梁州汉中郡，山南西道节度。"

3 关河：此处泛指汉中前线险要的地方。梦断：梦醒。何处：此处表示恍惚渺茫、难以追寻之意。

4 尘暗旧貂裘：貂皮裘上落满灰尘，颜色暗淡。此处借用苏秦典故，说自己奔波劳碌而事业未成。《战国策·秦策》："（苏秦）说秦王书十上，而说不行，黑貂之裘弊，黄金百斤尽，资用乏绝，去秦而归。"

5 胡：泛指古代西北地区的少数民族，南宋词中多指金人。

6 秋：秋霜，喻指两鬓已生白发。

7 天山：即祁连山，在今甘肃西部和青海东北部。此处代指南宋与金相持的西北前线。

8 沧洲：靠近水的地方，泛指高士隐居之地。谢朓《之宣城郡出新林浦向板桥》："既欢怀禄情，复协沧州趣。"此处指作者位于镜湖之滨的家乡（浙江绍兴）。

大宋宣和七年（1125），十一月十三日，一条客舟静静地行驶于淮河之上，船舱内，一位妇人正在艰难产子，丫鬟们端着热水进进出出，女子的痛呼声划破了夜的宁静。

　　舱外，男人神色焦急地来回踱步，虽不是初为人父，却还是有些不知所措。他名为陆宰，此次奉诏入京述职，便携家眷一同乘船，由水路进京，却没想到，夫人唐氏会在今日临盆，一切太过突然，似乎并不是什么好兆头。

　　几个时辰后，孩子平安降临，是个男婴。陆宰轻轻地抱起孩子，沉默片刻，低声道："他生于淮河舟上，便叫陆游吧！"

　　游，这个字注定了他颠沛流离的一生。

　　这一年冬天，金兵南下，山河破碎，杀戮笼罩大地。两年后，金兵攻破汴京城，一个朝代就此灭亡。战乱之下，皆是难民，陆宰带着家眷一路逃亡，南迁至山阴。

　　宋徽宗赵佶第九子赵构在南京应天府（今河南商丘）即位，改元建炎，建立了新的政权，继续抗金战争。建炎三年（1129），金兵渡江南侵，赵构率臣僚往南逃去，从越州到明州，又到定海，漂泊于海上，逃到温州。直到建炎四年（1130）夏，金兵才撤离江南，赵构将临安府定为行在。

皇帝如此狼狈不堪，百姓怎能安稳？年幼的陆游一直都在经历逃亡，沿途所见，触目惊心，除却荒芜，就是白骨。那遍地饿莩，早已成为陆游整个童年的记忆。即使后来安定下来，也依旧摆脱不了战乱的阴影。也许，就是从那个时候开始，他便暗暗立下誓言：此生永保大宋安宁。

人一旦有了信念，便会不顾一切地为之拼命。陆游自幼刻苦，十二岁便能作诗文，二十八岁入京参加考试，其文章流畅，主考官陈子茂阅卷后大为赞赏，取为第一。秦桧得知此事，勃然大怒，只因自己的孙子秦埙位居陆游之下，便要降罪于主考官。第二年，陆游参加礼部考试，秦桧又一次从中作梗，命令主考官不得录取陆游，以致陆游不能入朝为官。一年后，秦桧病逝，陆游才终于得到入仕的机会。

这些年，战争不断，赵构一心求和，排斥主张抗金的官员，纵容主和派的大臣掌权。为求和平，大宋每年向金朝纳贡，江南百姓活得既小心，又屈辱。陆游深知朝中局势，此时并不是抗金的最佳时机。他一直在等待，等待一个时机……

绍兴三十二年（1162），赵构以"倦勤"为由，传位给养子赵昚，自己则成为太上皇帝，休养生息。赵昚即位后，陆游便提出整顿军纪，固守江淮，怎料赵昚贪图享乐，并不理会，还将陆游贬为镇江府通判。陆游虽身在镇江，却时刻关心北伐之事，积极为北伐献策，但从未受到重视。后来，有人言陆游"勾结谏官，鼓唱是非"，皇帝立即罢免了陆游。

从入仕到被罢免，不过十年的光景，他努力做着什么，却又好像什么也没做。面对一个衰弱的朝廷，有些人清醒着，有些人糊涂着，有些人装傻着，有些人麻痹着，也许，这才是一个忠臣的悲哀。

被罢免之后，陆游赋闲在家，空有报国之志，却无处施展，只能将满腔愤懑写进词中。四年后，朝廷征召陆游，任夔州通判，却也只是管理学事、农事，并非陆游心中所愿。

乾道七年（1171），应王炎之邀，陆游前往西北前线重镇南郑，于军中任职。金戈铁马，这才是男儿的梦想，只有身在军营，他才能找到真正的自己。那年，他作《平戎策》，草拟抗金计划，率军出入要塞之地，这一切，都是在为抗金做准备。只可惜，仅短短八个月，他的军旅生活便结束了。八个月的谋划，不及朝廷的一纸文书，皇帝否定了《平戎策》，调王炎回京，北伐之梦又一次成空。

他的热情与执着一次次被朝廷打击，若不是心怀大宋，他早已辞官归隐。后来的岁月，他无论任何职、处何地，始终不忘上书北伐，哪怕没人采纳，他也未曾放弃。他一心收复中原，早已引起主和派的不满，奸佞陷害，群起而攻，终是被弹劾罢官，归隐故居。

远离喧嚣，却未放下家国天下，他时常会想起那段短暂的戎马时光。他身披战甲，手持利剑，策马于崇山峻岭，只为将金人逐出中原，只为解救水深火热中的大宋百姓。

那时候，军营中每个将士都在为同一个目标而努力，满腔热血，不知疲倦，每每想起，都觉得心潮澎湃。如今，身在故居，再也找不回当年的感觉，陆游怀着沉重的心，写下无数诗词，其中便有这首《诉衷情》："当年万里觅封侯，匹马戍梁州。关河梦断何处，尘暗旧貂裘。　胡未灭，鬓先秋，泪空流。此生谁料，心在天山，身老沧洲！"

"当年万里觅封侯，匹马戍梁州。"这里用到了班超"投笔从戎，立功封侯"的典故。班超胸有鸿鹄之志，无奈家境贫寒，只好以抄书养家。一日，抄书之时，他愤恨地丢下笔，道："傅介子、张骞二人曾出使西域，为大汉立下汗马功劳，大丈夫理当如此，怎能将生命浪费在这抄书之事上？"于是，班超弃笔参军，联络西域的几十个小国一同抗击匈奴，立功封侯。

陆游亦是如此，愿为抗金投笔从戎，不惜远征万里，单枪匹马奔赴梁州。可惜，仅八个月，他便被调离，从此之后，只能在梦中回到军营。"关河梦断何处，尘暗旧貂裘。"梦醒之后，方知已不在军中，那旧时的貂裘，时时刻刻提醒自己，曾经的岁月已经一去不复返。

他感叹道："胡未灭，鬓先秋，泪空流。"

金人未灭，双鬓先白，浊泪空流。"未""先""空"三字满是遗憾。时光匆匆而逝，他已是白发老人，回首往昔，只觉一事无成。宦海沉浮，儿女情长，事事皆未如愿。

也许，他真的老了，才会如此怀念从前……他这一生啊，仿佛已是注定悲凉，心在遥远的边境，人却在故里渐渐老去。

陆游一生都在抗金，临终之际，作绝笔《示儿》："死去元知万事空，但悲不见九州同。王师北定中原日，家祭无忘告乃翁。"

在不甘与期望中离世，有恨，又有爱。

有朝一日，大宋总会迎来光明吧？

他等不到那一刻，也许，他的后代可以等来。

满城春色
宫墙柳

# 钗头凤

唐 琬

世情薄[1]，人情恶，雨送黄昏花易落。晓风干，泪痕残。欲笺[2]心事，独语斜阑[3]。难，难，难！

人成各[4]，今非昨，病魂常似秋千索[5]。角声寒，夜阑珊[6]。怕人寻问，咽泪装欢。瞒，瞒，瞒！

---

1 薄：冷酷，淡薄。

2 笺：写信或题词用的纸，此处指写信，有吐露、传递之意。

3 独语斜阑：独自倚着栏杆，自言自语。阑：同"栏"。

4 人成各：指作者与陆游各自另外成家。

5 病魂常似秋千索：痛苦的灵魂经常像摇荡不定的秋千。索：独自，孤单。陆机《叹逝赋》："亲落落而日稀，友靡靡而愈索。"

6 阑珊：将尽，衰落。

寒冬时节，若问江南何处繁花正盛，那必定是皇室后裔赵士程的府邸。

他真是爱极了家中那位继室，为了她，种下满园红梅，只为让她想起故人时，可以少落几滴泪水。即使这样，她还是忘不了那个人。

庭院内，雪落枝头，红梅如朱砂，白雪如寒月，唐琬静静地坐在屋檐下，想着，那个人何时才能回归故里？

陆游，她爱了一生的男子，无怨、无悔，却有几分意难平。

他们是令人羡慕的青梅竹马，书香门第，饱读圣贤书，心有星辰大海。在那个动荡不安的年代，两个少年互相慰藉，深信战乱过后，终是温暖。

多年的陪伴，让他们生出了情愫，族中长辈也时常会提起他们的未来："既是情投意合，何不早日定下姻事？"

那年，陆游以一支凤钗作为信物，聘唐琬为妻，愿与其相守一生。新婚之日，她身着婚服拜别父母，乘着花轿，缓缓入了陆家。每一句话语，每一声欢笑，每一份祝福，都深深刻入她的心中。婚后，他们亦是恩爱缠绵，时而吟诗作对，时而品茗论画，无所忧愁。她以为，他们会一直这样，共度漫长的余生。

可惜，婚后一年，唐琬未有身孕，惹得陆母心神烦忧。而后，陆母又言二人"八字不合"，逼迫陆游休妻。老人家不知闹了多久，闹得尽人皆知，闹得流言四起，世人皆以为陆游不孝、唐琬不贤。

唐琬默默不言，等待陆游给自己一个结果，是走，还是留？她等着，等着，等来了一纸休书，这短如朝露的婚姻，令人如此绝望。陆游安慰道："城中另有一处别院，你且住在那里，我们依旧如从前。"

依旧如从前？好一句"依旧如从前"！怎么如从前？如今，无名无分，她以什么身份留在他的身边？妾，还是妓？

她本想拒绝，陆游却承诺此生不会另娶，在他心中，她是他独一无二的妻子。一番深情，她终是应下了，纵然不光彩，她还是愿一试。明知到头来是一场空，还是义无反顾，或许，年轻人的爱情就是如此冲动，以为飞蛾扑火就是爱，以为肝肠寸断就是情，殊不知，这种爱与情总要付出代价。

偷来的时光终是短暂，没过多久，陆母便察觉了，她为陆游另寻一位贤良的女子王氏，匆匆办了婚事。倘若唐琬再与陆游来往，那便是纠缠有妇之夫，定会被世人耻笑。陆母了解唐琬，她是大家闺秀，有自己的骄傲，绝不会继续与陆游来往。陆游成亲那日，唐琬独自回了唐家，爱了痛了，剩下的便交给时间吧！或许，有一日，她便放下了。

纵然被人休弃，她依旧是唐家千金，仍有慕名者上门求亲，其中便有同郡人士赵士程。单凭一个"赵"姓，便知此人身份不凡，皇室宗亲，尊贵显赫，对唐琬又是一片深情，思量之后，唐家二老便将唐琬许给了赵士程。

一个娶，一个嫁，他们都违背了一生一人的誓言，或许，这就是现实，世人终要向现实低头。他们许久未曾见面，甚至不曾写过一封书信，两人如同陌生人，各自生活，各自安好。

她听闻，陆游与王氏成亲后不过一年，便有一子。

他听闻，唐琬与赵士程也有一儿一女。

是不是这样才是最好的结局？可是，为何心口总会灼烫？红梅白雪时，相思几人知？她望着院中的梅花开了一年又一年，却不见故人的容颜。他走了，走了许多年，为仕途奔波，为家国北伐，何时才能归来？

多年以后，一个寻常的春日，赵士程与唐琬同游沈园，繁花盛开，细柳低垂，不经意间的回眸，她望见了那个熟悉的身影。是他！即使过了这么多年，她还是不会忘记他的样子。

陆游也望见了她，只是物是人非，他怎能再去打扰她？他站在原地，见她安好，便也安心，转身，往繁花深处走去。

唐琬也知陆游仕途不顺，这些年不知承受了多少风雨。她经赵士程的同意，吩咐丫鬟将出游的酒菜送给陆游，并未有其他言语。她已是赵士程的妻子，一举一动，皆要顾及夫君的颜面。隔着繁花杨柳，她隐隐望见他端着酒，一饮而尽，似咽下了多年的苦。

那日，唐琬提前离去。她不知自己离开后，陆游在墙壁上题了一首《钗头凤》：

红酥手，黄滕酒，满城春色宫墙柳。东风恶，欢情薄。一怀愁绪，几年离索。错，错，错！

春如旧，人空瘦，泪痕红浥鲛绡透。桃花落，闲池阁。山盟虽在，锦书难托。莫，莫，莫！

一双熟悉的纤纤玉手，一碗旧时味道的黄酒，重逢之时，隔着满城春色，她已如遥不可及的宫墙柳。东风如此可恶，将欢情吹散，一杯酒斟满愁绪，离别几年，皆是萧索。错错错，今日才知都是错。曾经沧海难为水，他失去的不仅是一位妻子，还是最初的挚爱。春色如旧，不曾改变，只是人却渐渐消瘦，满面泪痕。桃花零落池中，才知山盟海誓虽在，却无法寄去信笺。

　　一年后，唐琬重游沈园，忽而看见这首《钗头凤》，词中每一个字都能勾起一段回忆，去年相逢不语，遥遥相望，竟不知情根如此之深。原来，他一直不曾忘记她。

　　可惜，终是难回从前，唐琬提笔，写下另一首《钗头凤》："世情薄，人情恶，雨送黄昏花易落。晓风干，泪痕残。欲笺心事，独语斜阑。难，难，难！　人成各，今非昨，病魂常似秋千索。角声寒，夜阑珊。怕人寻问，咽泪装欢。瞒，瞒，瞒！"

　　世态炎凉，人心险恶，黄昏骤雨，花易落。风儿吹干了泪水，留下淡淡的泪痕，欲将相思写成信笺，却不知如何诉说，只能倚着栏杆，独自言语。难难难，合时难，离时难，相爱更难。今时非昨日，如今，她抑郁成疾，熬过彻骨的寒夜，听着远方的角声，念着留在记忆里的人。最怕旁人询问因何忧思，她只能一次次忍住泪水，强颜欢笑，将心事瞒下去。

　　这首《钗头凤》，每一句都在回应陆游的原词，相比陆游，她的处境才是悲凉。当年，她承受了多少流言蜚语，世俗的言论几乎将一个有才学的女子毁灭，若没有赵士程，哪有今日的唐琬？可是，旧日的情放不下，便注定要辜负今日的人。

　　不久之后，唐琬身染恶疾，一病不起，终是在遗憾与忧思中离世。

冰雪寒冬，梅花盛开，红的红，白的白，红的是相思，白的是离恨。

"陆郎啊陆郎，你不经意间的一句'琬娘'，是我一生的伤。"

我一直在想，倘若陆游没有写下那首《钗头凤》，唐琬是不是就不会死？谁揭开了伤疤？口口声声说着"相思"二字，其实，最薄情的就是他。

既然深爱，又何必打扰？一首词，题于壁上，不知多少人看过、读过，好像故意要将往事告诉世人，让世人知道，他，其实如此深情。

其实，他只是偶尔深情。他有妻，有妾，有七子，他只是偶尔会想起她。

四十年后，陆游又回到沈园，作诗二首：

## 其　一

城上斜阳画角哀，沈园非复旧池台。
伤心桥下春波绿，曾是惊鸿照影来。

## 其　二

梦断香消四十年，沈园柳老不吹绵。
此身行作稽山土，犹吊遗踪一泫然。

不遇沈园，不念唐琬。
这才是他。

千里家国
千里梦

# 小重山

岳 飞

昨夜寒蛩¹不住鸣。惊回千里梦，已三更。起来独自绕阶行。人悄悄，帘外月胧明²。

白首为功名³。旧山⁴松竹老，阻归程。欲将心事付瑶琴⁵。知音少，弦断有谁听？

---

1 寒蛩（qióng）：秋天的蟋蟀。崔豹《古今注》："蟋蟀，一名吟蛩，一名蛩。秋初生，得寒则鸣。"
2 月胧明：月亮似被云翳笼罩，月光昏暗不明。胧：朦胧。
3 功名：此处指为驱逐金兵的入侵，收复失地而建功立业。
4 旧山：故乡的山。此处泛指广袤的北方沦陷区。
5 付：付与。瑶琴：琴的美称，即饰有美玉的琴。

家国危难之际，总有一些人会挺身而出，于风雨中逆行，脚踏荆棘，不计得失。

夜，如此寂静，空旷的原野上传来乌鸦的啼叫声。营帐内，烛火未灭，木案上堆积着厚厚的兵书，岳飞取出一块帕子，仔细地擦拭着佩剑，银白色的剑刃上倒映着一双黑眸，深邃又刚毅。

金太宗死后，完颜亶继承帝位，负责金人军事的完颜宗翰逐渐失势，完颜挞懒一派开始掌权，金、宋的对立也发生了变化。此时，正是北伐的最佳时机，偏偏宋高宗一心求和，不愿下令出兵北伐。岳飞数次上奏请战，皆无果。

前不久，枢密副使王庶来到边境，巡视防务，岳飞致书道："今岁若不举兵，当纳节请闲！"王庶深受感动。听闻王庶回朝后，曾极力劝说皇帝出师北伐，金人无信，万不可与金人议和。可惜一番肺腑之言，终是对牛弹琴，并未奏效。

皇帝为了屈己求和，竟升任秦桧为右宰，令其与金接通关系。每每想到此事，岳飞都觉得分外屈辱，金人言而无信，屡屡滋扰生事，大宋怎可一而再，再而三地退让？

这一夜，注定无眠，他反复擦拭着佩剑，心中做了一个重要的决定：

亲去临安城，面见圣上。

从边境到临安，日夜兼程，风尘仆仆。那一路，他见到了最悲惨的人间，饱经战乱的大宋百姓已苦不堪言，赋税、瘟疫、饥寒，众生皆苦，谁来拯救他们？是金人，还是宋人？所谓"议和"，不过是短暂的安稳，只有北伐，赢得真正的胜利，才能换来长久的和平。

临安，赵构召见韩世忠、张俊、岳飞三位大将入朝议事，君臣谈话之间，赵构透露出求和之意，见状，张俊立刻迎合皇帝，岳飞心生鄙夷，直言道："夷狄不可信，和好不可恃，相臣谋国不臧，恐贻后世讥议。"

他以为凭借自己多年的军功，可以换来帝王的认可，却不承想，皇帝没有理会他的话，依旧坚持和谈。

那年十一月，江南未雪，人心已寒。金朝派使臣来大宋"讲和"，他们提出取消大宋国号，并要求赵构跪接金朝皇帝的诏书。听闻此事，满朝文武议论纷纷，不愿皇帝受此屈辱。

朝堂上，岳飞站在群臣之中，周围皆是争吵声、痛斥声，唯有皇帝悠然地坐在龙椅上，俯视群臣，如同一个局外人。那一刻，岳飞已猜到，无论他们说什么、做什么，结果都不会改变。

主战派的一番争辩终是引来了帝王的不满，王庶、张戒、曾开、胡铨等人，贬官的贬官，罢免的罢免，甚至被杀害。曾经一同谋划北伐的好友一个个离去，满怀希望的双眼渐渐黯淡，原来，忠言真的逆耳。

又是一个深夜，岳飞静坐在家中，听着外面呼啸而过的风，钢铁般的心陷入了悲伤，他很少作诗写词，每次落笔，必有大事。

这首《小重山》，写给那些远去的人，以及即将远去的人。

"昨夜寒蛩不住鸣。惊回千里梦，已三更。"昨夜，蟋蟀一直鸣叫不止，将他从金戈铁马的梦中惊醒，已是三更深夜。从军以来，梦中也是战场，令他时时牵挂；醒来，又是残酷的现实。夙夜难眠，他只能独自起身，绕着台阶，徘徊于此。万物沉睡，四周静悄悄，唯有一轮明月正朦胧。

　　困境之下，人人都是孤独的，渴望遇到明君、知己，然而君主昏庸，空有赫赫战功，奈何不得君心。词中提到"白首为功名"，这一生，他都在为国征战，二十岁从军，十几年的边疆岁月，青丝成白发，不知不觉间，已慢慢老去。

　　故乡的松竹已老去，朝中议和之声阻断了归程。欲将心事付与古琴弹奏一曲，可知音少，纵然弹断琴弦，又有何人来听？

　　"知音少，弦断有谁听？"这样惆怅的文字并不像出自一位铁血将军之手，他写下这句词时，该是多么无奈、惋惜。俞伯牙遇见了知己钟子期，子期死后，伯牙破琴断弦，终身不弹琴。岳飞也曾遇见过这样的知己，他们拥有共同的志向，沙场点兵，浴血奋战，如今，那些知己要么为国捐躯，要么被罢免流放，他的琴弦还能为谁而弹？他的佩剑还能为谁而挥？且看今日之大宋，除却天子脚下的临安城，可还有一方未受战争蹂躏的净土？

　　阶下独徘徊，知音无处寻。再抬头时，已是破晓，烛火依旧燃着，似不甘消失在深秋之中。


　　绍兴八年（1138），腊月二十七日，宰相秦桧代替赵构跪在金朝使臣的脚下。这一跪，舍弃了所有尊严，从此，再无大宋，只称"江南"，作为金朝的藩属，要年年向金朝纳贡。无数将士用性命换来的大宋江山，最终沦为金人脚下的泥土。

这一刻，忠臣痛心疾首，君王醉倒宫中。赵构自是不会在乎过程如何屈辱，他要的只有结果，一个让自己满意的结果。忠臣的心中只有国，而无君，他们一心救国，却不知自己的行为已经触到了帝王的逆鳞。岳飞数次提到"迎回二圣"，这"二圣"分别是宋徽宗和宋钦宗，一个是赵构的父亲，一个是赵构的兄长。如果这二位回到大宋，那么赵构一国之君的位置必会动摇。所以，赵构明明厌恶独揽大权的秦桧，却还是重用他，只有如此，才能保全自己的皇位。

帝王之术，其实就是人心之术，若人心都不向帝王，那不如舍弃。数年后，完颜兀术送给秦桧一封书信，其中提道：必杀岳飞，而后和可成。

秦桧诬陷岳飞谋反，绍兴十一年（1141）十月，岳飞被关入大理寺；十二月，赵构下令："岳飞特赐死。张宪、岳云并依军法施行，令杨沂中监斩，仍多差兵将防护。"

仅仅两个月的时间，便决定了一个人的生死，大抵也是害怕夜长梦多。秦桧的确诬陷了岳飞，可决定岳飞生死的人却是帝王。或许，赵构明知岳飞冤情，却不愿释放，无非是想用岳飞的死，换取一世无忧。

狱中，阴暗无光，岳飞三十九岁的人生便这样到了尽头，他在供状上留下八字绝笔：天日昭昭，天日昭昭！

君不见，将军白发血泪洒。

君不见，三十功名皆成土。

君可知，靖康耻，犹未雪！

少年不知愁滋味

# 丑奴儿·书博山道中壁[1]

辛弃疾

少年不识[2]愁滋味，爱上层楼。爱上层楼，为赋新词强[3]说愁。

而今识尽[4]愁滋味，欲说还休[5]。欲说还休，却道"天凉好个秋"！

1  博山：山名，在今江西上饶市广丰区西南。《大清一统志·广信府》："博山，在广丰县西南三十余里。南临溪流，远望如庐山之香炉峰。"淳熙八年（1181），辛弃疾罢职退居上饶，常过此地。
2  少年：年轻的时候。不识：不懂，不知道。
3  强（qiǎng）：勉强地，硬要。
4  识尽：尝够，深深懂得。
5  欲说还休：内心有所顾虑而不敢表达。休：停止。李清照《凤凰台上忆吹箫》："生怕闲愁暗恨，多少事、欲说还休。"

"愁"字，上为秋，下为心，唯有秋时才知愁。愁，伴随辛弃疾的一生，从壮志凌云的少年到饱经沧桑的老年，愁绪从未断过，所行之路，满是风霜。

　　清秋时节，他闲游于博山道中，纵然山水如画，却无心观景，一心牵挂着家国天下。然而，他早已不是庙堂之人，那国、那君、那敌，他无能为力。他提笔在壁上写下这首《丑奴儿·书博山道中壁》，一腔愁绪，未敢言明，只叹道："秋，多好的秋！"

　　倘若熟悉他的人，一定知道，这不是真正的他。

　　他是辛弃疾，出生在北方沦陷之地，金人统治下的土地，满是压迫、欺凌、屈辱。当年，金人入侵山东，他的祖父辛赞为保全族人性命，迫不得已留在金朝任职，虽为金朝臣子，却心系大宋，时刻准备着反金。年少之时，祖父时常带着他登高望远，指着远处的山河，指着脚下的土地，告诉他："那里，这里，都曾是大宋的江山。吾辈与金人有不共戴天之仇。"

　　从此之后，少年心中有了愁绪，是家国之愁。他立志收复中原，文能提笔安天下，武能上马定乾坤。十八岁那年，他考中了金朝的进士，若留在金朝，自是前途无量。只是，金朝再繁华，终不是大宋。他身上流着宋人的血，岂能做金朝之臣？他凭一腔少年热血，手握长枪，毅然决然地站在了金朝的对立面。

他聚集了两千人，参加了耿京的起义军，担任掌书记。此时，他已有了家室，妻子乃是范邦彦之女范如玉。新婚宴尔，本可以琴瑟和鸣，岁月无忧，他却选择了一条坎坷的救国路，冷弓为伴，沙场点兵。许多年后，回想起那段峥嵘岁月，辛弃疾写下了那首豪壮的《破阵子》："醉里挑灯看剑，梦回吹角连营。八百里分麾下炙，五十弦翻塞外声。沙场秋点兵。　　马作的卢飞快，弓如霹雳弦惊。了却君王天下事，赢得生前身后名。可怜白发生！"

这是他的战场，为百姓而战，为家国而战，人生因此才有了意义。他不想成为什么样的人，只想成为自己，一个无畏无惧的将领，任凭战袍染上鲜血，任凭刀剑刺穿铁甲……

绍兴三十二年（1162），是决定辛弃疾命运的一年。那年，他奉命南下与大宋官员联络，在返回途中，听闻起义军中出了叛徒，耿京遇害，义军皆溃散。危难之时，辛弃疾果断率领一支队伍袭击敌营。敌军几万余人，而他仅有五十人，一番厮杀后将叛徒擒拿，交给大宋朝廷。一战成名，谁人不知这位少年将军！他的名字传遍了大宋朝廷，远在临安的皇帝也听说了他的英勇事迹，立即任命他为江阴签判，自此，辛弃疾开始了官场生涯。

初到江南时，他也曾指点江山，锐气难挡，作《美芹十论》《九议》等文章论述北伐抗金的战略。他以为自己会继续为国征战，可惜，朝廷却无心北伐，皇帝贪恋于偏安一隅，不愿再生战事，那些文章均淹没于无数求和声中。皇帝先后派他去江西、湖北、湖南等地任职，走过许多城池，平过许多是非，却离曾经的自己越来越远。他走在陌生的街头，百姓敬他、畏他，却不是因为他是"将军"。

他已许久未曾感受过边疆的寒风，也许久未曾浴血杀敌，他的锋芒与理想被现实慢慢摧残。江南如画，他却感受不到诗中的温暖，只因他曾沦于大金，属于"归正人"，便不得重用。他不能选择自己的出身，以赤胆忠心搏出一条仕途，却也只是从一个困境走到另一个困境。他索性堕落下去，日日饮酒，烂醉如泥，不省人事。妻子知他心中郁结，便提笔在自家的窗户上写满劝慰之语，只为让他爱惜身体。爱，存在于俗世中，存在于风雨中，存在于平淡中，应是人生困顿时最好的慰藉。酒醒之后，辛弃疾大彻大悟，不再执着于官场纷争，一心只想归隐田园，不问世事。

随着主战派的官员逐个被罢免，辛弃疾也预感到了自己的命运。淳熙七年（1180），他还在江西任职时，就已打算在上饶建庄园，一年后，春时，便开工兴建带湖新居和庄园。对待此事，他极为用心，亲自设计了庄园格局，有田有舍，有山有水，取名为"稼轩"。以后，他不再是辛弃疾，而是"稼轩居士"。这一年，冬月，他受到弹劾，被罢免了官职。虽早想过有这样一日，却没有想到来得如此之快。原以为会以平常心面对，当褪去一身官服时，心中还是涌起几分不甘。

他带着家人去往那座安静的庄园，也许，那里才是归处。隐居生活自有乐趣，无嘈杂之声，无是非之争，读圣贤书，作田园词，与百姓在一起，与家人在一起，总好过如履薄冰的朝堂。

某一年的深秋，他走在荒芜小径上，想起过往种种，渐渐懂了"愁为何物"，此生之愁，恰如江南之水，绵绵无尽头。

追忆年少之时，心中之愁仅是家国，便喜登高望远，望着临安的方向，填一首新词，哪怕没有愁苦也要硬说愁苦。如今，尝尽了世态炎凉，才知真正的愁是无能为力，面对一个救不了的家国，所有的抱负、理想都化为云烟。

　　他想说，终是没有说。

　　即便说了，也无人知晓。

　　即便知晓，也无人理会。

　　即便理会，也无人解决。

　　这就是成年人的悲哀。这就是他的困局。

　　秋风萧瑟，落叶萎萎，半晌，词人只道一句："天凉好个秋！"

　　多好的秋天！可惜，他已不是少年，他已不会做梦。

　　从今往后，他的眼里只有四季，唯有四季可解忧。

乱世浮萍
泪无言

# 减字木兰花

淮上女

淮山隐隐[1]，千里云峰千里恨。淮水悠悠[2]，万顷烟波[3]万顷愁。

山长水远[4]，遮断行人东望[5]眼。恨旧愁新[6]，有泪无言对晚春[7]。

---

1 淮山：指淮河两岸的山峰。隐隐：不明显，不清晰。
2 淮水：指淮河，发源于河南省桐柏山区，由西向东，流经河南、湖北、安徽、江苏四省，干流在江苏扬州三江营入长江。悠悠：遥远。
3 烟波：雾气迷蒙的水波。
4 山长水远：比喻山水阻隔，道路遥远。语出许浑《将为南行陪尚书崔公宴海榴堂》："谩夸书剑无知己，水远山长步步愁。"秦观《怀李公择学士》："蓬断草枯时节晚，山长水远梦魂劳。"晏殊《蝶恋花》："欲寄彩笺兼尺素，山长水阔知何处。"
5 东望：作者被掳北上，故向东眺望故乡。
6 恨旧愁新：即旧恨新愁，此处指对金人统治者的恨，对自己艰难处境的愁。
7 晚春：暮春，春天将尽的时候。

宁静的秋夜，田间偶尔传来几声蛙叫，百姓都已入梦，梦中，各自寻到了光亮。

忽而，传来低沉的号角声，人们从梦中惊醒，匆忙披上衣衫，手提灯笼，只见远处出现一行人影，举着火把，火光照亮了他们的寒甲。有人惊叫道："是金人！"

闻声，人们警觉地熄灭灯笼，在茫茫黑暗中躲避、逃窜。金人的脚步渐渐逼近，一场杀戮即将开始……

乱世之中，除却君臣将相的无奈，还有黎民苍生的悲哀。皇帝高居其位，享尽荣华；将军征战沙场，守卫疆土；文人考取功名，扶摇直上。唯有那些手无寸铁的百姓最是可怜，生于最底层，战争之时，四处流离；和平之时，忍受剥削。其实，大宋子民所求最是简单，不过是一日三餐而已，然而，随着金人的入侵，他们的人生仅剩下逃亡。

这首词的作者是一位平凡的女子，不曾留下姓氏名字，只知常年生活于淮水边，人们便唤她"淮上女"。

嘉定年间，金军南侵，战争长达六年之久，其间，金军掳大批淮上良家女子北归，词人便是其中之一。她本生于安稳之家，略懂诗书，性情温良，若没有那场战争，她可能会邂逅一位君子，喜结连理，白头终老。

战争摧毁了她的未来，从此以后，她只能如羔羊般任人宰割。北上之路，每日都会有女子相继死亡，或是自尽，或是染病，或是受辱至死，这是寻常之事。女子们早已麻木，神情淡漠地望着一具具尸体被烈火烧毁，想着，下一个会不会是自己。

行至泗州，女子在破旧的墙壁上题词《减字木兰花》。

上阕有山有水，淮山隐隐约约，千里云峰承载了她的千里恨；淮水悠悠东流，万里波涛寄托着她的万顷愁。故土再也不是故土，而是淮上百姓的噩梦，无数亡灵沉睡于此，往事尽成灰。

她深爱大宋，却也怨恨大宋，危难之时，宋军何在？一夜之间，城池沦为焦土，断壁残垣，满目疮痍，再无家园，只剩无处倾诉的"千里恨""万顷愁"。

这些女子也曾期盼过宋军出现，为她们解开枷锁，送她们重返故乡。只是，等了一日又一日，却不见宋军踪影。她知道，她们被放弃了，被这个王朝放弃了。何为绝望？真正的绝望是曾有过希望，而后化为泡影。

回望山河，隐隐可见淮山，却是云雾缭绕，越来越远。山长水远，遮住了人们的视线，东望之时，再难找到归家的道路。"恨旧愁新"，恨，是对金人的仇恨，对掌权者的怨恨；愁，是山河破碎的哀愁，是漂泊无依的离愁。晚春时节，旧恨与新愁一起涌上心头，有泪，却无言。

他们不再是百姓，而是俘虏，要么卑微求生，要么玉碎瓦全。这首词，一半绝望，一半沉痛，词人似乎已将自己的结局看透。春光将逝，她也将逝，若能随着春光而去，也算不负晚春。

后来，民间渐渐遗忘了那些身在北国的女子，宋、金议和之时，也未曾提出将她们放归。她们并非妃嫔，也不是什么才女，她们渺小如尘，或许某一日，便会消逝于北国的风雪之中，无人祭奠，无人追忆。

金戈铁马

入梦来

# 水调歌头·闻采石战胜[1]

张孝祥

雪洗虏尘静，风约楚云留。何人为写[2]悲壮，吹角古城楼？湖海平生豪气[3]，关塞如今风景，剪烛看吴钩[4]。剩喜然犀处[5]，骇浪与天浮。

忆当年，周与谢，富春秋。小乔初嫁，香囊未解，勋业故优游。[6]赤壁矶[7]头落照，肥水[8]桥边衰草，渺渺唤人愁。我欲乘风去，击楫誓中流。[9]

---

1  绍兴三十一年（1161）十一月，虞允文集合王权溃卒迎战金主完颜亮于采石矶（今安徽马鞍山），大败金兵。时作者在宣城、芜湖间，闻捷报，喜而赋此词。此词又题"和庞佑父"。庞佑父：生平不详。
2  写：通"泻"，发泄、倾泻。
3  《三国志·魏志·陈登传》："陈元龙（登）湖海之士，豪气不除。"此处作者自比陈登。
4  吴钩：宝刀名。李贺《南园》："男儿何不带吴钩，收取关山五十州。"
5  剩喜：更喜，非常喜。然犀处：指采石矶。
6  小乔初嫁：苏轼《念奴娇·赤壁怀古》："遥想公瑾当年，小乔初嫁了，雄姿英发。"香囊未解：《晋书·谢玄传》："少年时好佩罗香囊。"优游：从容不迫的样子。
7  赤壁矶：指赤壁古战场，在今湖北蒲圻西北。东汉末年，周瑜在此大败曹军。
8  肥水：指淝水古战场，在今安徽寿县东南，为谢玄等击溃苻坚大军之处。
9  《南史·宗悫传》载宗悫少时有"乘长风破万里浪"之志。《晋书·祖逖传》载祖逖北伐渡江，"中流击楫而誓曰：'祖逖不能清中原而复济者，有如大江！'辞色壮烈，众皆慨叹"。

那年，一份捷报传遍了江南，为寒冬中的百姓带去久违的温暖。

采石之战大胜！消息传了一城又一城，百姓们已不记得大宋多久未曾胜过，将军战死，马革裹尸，千里之外皆是西风白骨。如今，捷报传至江南，足以告慰逝者，激励生者。

绍兴二十四年（1154），大宋出了两位新科才子。张孝祥，字安国，状元及第，授承事郎；虞允文，字彬父，登进士第，任中书舍人。二人本是文臣，却因种种缘故，走上不同的道路。

张孝祥因上书为岳飞鸣冤，遭秦桧报复，秦桧觉羽诬陷其父张祁谋反，并将其下狱，张孝祥因此受牵连，直到秦桧死后，才得重用。虞允文自入仕后，直言进谏，忠心为国，一次出使金国，见金人运粮造船，辞行时，又闻完颜亮"看花洛阳"之语，意识到金人野心勃勃，回朝后请求朝廷加强淮、海沿线的防御。

他们是同年进士，亦是多年好友，从不计较得与失，心中所求不过是国泰民安。但是，官场险恶，同僚的一纸弹劾，便让张孝祥丢了官职，只能赋闲芜湖。这一走便是两年之久，虽无官无职，他却依旧心系家国，数次致书好友，以表抗金决心。

绍兴三十一年（1161），完颜亮率军至淮河，一路厮杀，如入无人之境，铁骑直逼长江。这一仗，完颜亮等了许久，若不是岳家军，金人早已踏平江南。如今，岳飞已故，试问宋廷上下还有谁能挡住金军？

十一月，虞允文奉命往采石矶犒赏三军，到了采石矶后才发现军心溃散，士气不振，若不予整治，此战必败。家国危难之际，他也顾不得许多，亲自督军，指挥作战，向士兵们道："若金军渡过大江，你们又将逃向何处？如今，虽是敌强我弱，可我军尚能凭借长江之险抵御，怎知不能死里求生？朝廷养兵三十年，为何诸位不愿与敌人浴血奋战？"

他们的身后不仅仅是一个国家，更是一条条鲜活的生命。若逃，宋廷必亡，靖康之耻又将重现，他们都将成为历史的罪人。与其苟且偷生，不如拼死一战，将热血洒在疆场，九死不悔。

这一战，金军十五万人，宋军一万八千人，无异于螳臂当车，宋军几乎不可能取胜。然而，即便希望渺茫，虞允文也不愿放弃，这不单是为了守护家国，更是为了无数力挺抗金的忠臣。他们坚持了数十年，从意气风发的少年到满鬓白发的老者，哪怕丢官罢爵，哪怕贫困潦倒，也依旧不改北伐的决心。

如今，虞允文舍弃江南月下，留在硝烟战场，明知前方是刀枪，还是毅然坚守。他相信，倘若此刻张孝祥在此，也必定会做出同样的选择。

两军决战于采石矶，战鼓如雷鸣，箭镞划破长空，耳畔皆是来自绝境的怒吼。这一战，宋军胜了。随后，完颜亮又转移到扬州，虞允文率兵阻截，金兵进退两难。完颜亮一心求胜，下令三天内必须渡江，否则依军法处置。此令一出，金军再也不愿效忠完颜亮。十一月下旬，完颜亮被部下暗杀，金军群龙无首，派遣使者议和。

虞允文终于等来了真正的胜利。

他望着漫天星辰，斟满两杯浊酒，一杯敬自己，一杯敬挚友。此时，他也算圆了那人毕生的心愿。

芜湖，张孝祥闻得消息，立即挥笔写下《水调歌头·闻采石战胜》一词。

"雪洗虏尘静"，这是描写大战之后的江南。冬日的冰雪洗净了金人掀起的尘土，白雪之上，天地一片安宁。万物皆静，似不曾发生过惨烈的战争。

"风约楚云留"，是指词人因为某些原因，无法与好友并肩作战，只能留守后方，默默关注着前方战事。只可惜，他没能目睹那人的英姿，不禁惋惜："何人为君书写战绩？何人站在城楼上吹响号角？"

词人平生有湖海般广阔的志向，关塞如今的风景便是他此生所愿。江山安稳，他终于可以剪亮烛光，静静地凝视着吴钩，来日，若有战，他必会相随，掀起惊涛骇浪。

这首词的下阕分别写了两位历史名将，一位是三国的周瑜，另一位是东晋的谢玄。这两人正是在春秋鼎盛时开始建功立业：周瑜娶小乔时只有二十四岁，后又在赤壁之战中大败曹操；谢玄年少时喜爱佩戴紫香囊，曾在淝水之战中大破敌军。追忆历史，英雄总是从容不迫地创下不朽的功绩，可历史终归是历史，当年的"赤壁矶"，而今只有夕阳落日；当年的"淝水桥"，而今只剩衰草凄凄，那些故事流传千年，唤起后世之人缥缈的忧愁。

张孝祥翻着史书，又想起自己与好友的光辉岁月。昔日，他们曾是策马同游的书生，诗书相伴，笔墨生香。若没有战乱是非，没有国仇家恨，他们应还是谪仙般的公子，笔墨纵横，思飘月外。而今，虞允文褪去白衣，弃笔从戎，告别了那清风明月的日子。国难当头，他也是时候离开安逸的芜湖，乘风破浪，中流击楫，收复中原了。

不久之后，张孝祥策马提剑赴建康，拜访朝廷主战重臣张浚，后获任建康留守。宋军溃败之时，主和派得势，撤去淮河边防，欲忍辱向金求和。

又是求和！将士们拼死换来的采石大捷又算什么？他们是臣子，不是任人摆布的棋子，更不是朋党斗争的牺牲品！

宴席之上，张孝祥含恨痛斥求和使臣，赋《六州歌头》，词云：

长淮望断，关塞莽然平。征尘暗，霜风劲，悄边声。黯销凝。追想当年事，殆天数，非人力；洙泗上，弦歌地，亦膻腥。隔水毡乡，落日牛羊下，区脱纵横。看名王宵猎，骑火一川明，笳鼓悲鸣，遣人惊。

念腰间箭，匣中剑，空埃蠹，竟何成！时易失，心徒壮，岁将零。渺神京。干羽方怀远，静烽燧，且休兵。冠盖使，纷驰骛，若为情！闻道中原遗老，常南望、翠葆霓旌。使行人到此，忠愤气填膺，有泪如倾。

望断淮河，关塞之上满是荒草。出征时卷起的尘土已渐渐消散，秋风正劲，边塞寂静无声，唯有词人伫立凝眸，心事沉重。回想当年中原战事，恐是天命，而非人力所能扭转。圣人孔子的故乡亦陷入战乱，一片膻腥之气。

他们与敌军只隔着一道河，敌军毡乡、牛羊、前哨、出猎、火把、胡笳，每每望见，便觉心惊胆战。宋廷求和多年，将士们腰间的弓箭、匣中的宝剑都遭了尘掩虫蛀，若敌军渡河攻来，宋军该如何抵御？

时光易逝，壮心犹在，年岁将尽，收复汴京的希望越来越渺茫。看，那求和的使臣身着华服而去，求来了和平，也求来了耻辱！

中原的百姓日夜盼着宋廷的军马，千盼万盼，却盼来了一个懦弱的王朝。

他高声唱着《六州歌头》，歌尽，夜未央，烽火未歇。

收复中原，任重而道远，将"北伐"二字藏于心头数十年，以一生坚守。何以支撑他们这么久？大抵是心底最后的希望吧！他们相信，黎明之后，总能看见光明。

光明啊，何时能见？

他望着漫天星辰，斟满两杯浊酒，一杯敬自己，一杯敬挚友。

酒中是遗憾，是孤苦……

暗香疏影

长相忆

# 暗 香

姜 夔

（辛亥¹之冬，余载雪诣石湖²。止既月³，授简索句，且征新声，作此两曲，石湖把玩不已，使工妓隶习⁴之，音节谐婉，乃名之曰《暗香》《疏影》。）

旧时月色，算几番照我，梅边吹笛？唤起玉人，不管清寒与攀摘。何逊⁵而今渐老，都忘却春风词笔。但怪得⁶竹外疏花，香冷入瑶席。

江国，正寂寂，叹寄与路遥⁷，夜雪初积。翠尊⁸易泣，红萼无言耿⁹相忆。长记曾携手处，千树压、西湖寒碧。¹⁰又片片、吹尽也，几时见得？

---

1　辛亥：指宋光宗绍熙二年（1191）。
2　石湖：位于苏州西南，范成大居此，自号"石湖居士"。
3　止既月：指住满一月。
4　工妓：乐工、歌伎。隶习：研习、练习。一作"肄习"。
5　何逊：南朝梁人，酷爱梅花，任扬州法曹时，廨（xiè）舍有梅花一株，常吟咏其下。杜甫《和裴迪登蜀州东亭送客逢早梅相忆见寄》："东阁官梅动诗兴，还如何逊在扬州。"
6　但怪得：惊异。
7　南朝陆凯曾自江南给挚友范晔寄去一枝梅花，并附诗："折花逢驿使，寄与陇头人。江南无所有，聊赠一枝春。"此处表示音讯隔绝。
8　翠尊：翠绿的酒杯，此处代指酒。
9　红萼：指梅花。耿：耿然于心，不能忘怀。
10　此二句描写寒冬时千树红梅映在湖水中的美景。

雪夜，一个白衣身影逆着风雪前行，寒风凛冽，吹得手里的灯笼忽明忽暗，可即使这样，那人也未曾停下。不知走了多久，他终于停在了一座宅子前，抬起冻僵的右手，轻轻地敲响朱门。

　　此人名叫姜夔，所访之人乃是大宋名臣范成大。

　　江南，有人执着北伐，有人执着名利，有人执着对错，纷纷扰扰数十年，却争不出结果。特殊的年代，总有一些特殊存在，不求功与名，只求清风明月相伴，潇洒于人间。姜夔，便是如此。

　　他一生无官无职，四处游历，过着漂泊江湖的日子，贫困时，甚至要靠卖字和朋友接济为生。这样的一个人，凭着脱俗风骨、八斗之才，赢得知己无数，且好友皆有官职，敬他护他，争相与他结交。

　　淳熙十四年（1187），姜夔结识了杭州诗人杨万里，杨万里称赞他"于文无所不工"，而后，专门写下一封书信，把姜夔介绍给范成大。曾任参知政事的范成大那时已告老还乡，年迈之人难得遇到知交，读其诗文，感慨颇多。大宋文人或为功名利禄而奔波，或为人生不得志而抑郁，难得遇见如此高雅之人，不慕功名，不求富贵，颇有魏晋名士的风骨。

　　二人相识以后，姜夔时时往苏州拜访，与这位忘年之交共谈诗文。

这一年寒冬，他又去了，冒着风雪，叩响了范成大的家门。

雪夜访客，一片诚心，范成大瞧见眼前的人，又惊又喜，急忙带他进了厅堂，红炉温酒，赏梅观雪，酒过三盏，人已微醺，只记得满园的梅花，以及散入空气中的冷香。

那夜，他写下一首《雪中访石湖》："雪矸如玉城，偏师敢轻犯。黄芦阵野鹜，我自将十万。三战渠未降，北面石湖范。先生霸越手，定目一笑粲。"

姜夔在此处住了一个多月，日日与梅花相伴，望梅生情，想起大宋初年林逋所作《山园小梅》中的两句诗"疏影横斜水清浅，暗香浮动月黄昏"，于是，创作了两首咏梅词，名为《暗香》《疏影》。

## 暗　香

旧时月色，算几番照我，梅边吹笛？唤起玉人，不管清寒与攀摘。何逊而今渐老，都忘却春风词笔。但怪得竹外疏花，香冷入瑶席。

江国，正寂寂，叹寄与路遥，夜雪初积。翠尊易泣，红萼无言耿相忆。长记曾携手处，千树压、西湖寒碧。又片片、吹尽也，几时见得？

词的开篇是对往事的回忆。旧时，皎洁的月光，曾多少次照着词人的身影，对梅吹笛。那笛声唤起了佳人，不顾寒冷，与他一同折下梅花。如今，他日渐老去，已忘却往日春风灿烂的词文。

世人最怕触景生情，梅香如故，佳人难寻，怎能不伤情？即使忘记了年少的美好，当梅香散入宴席时，依旧会勾起埋藏于心底的伤感。

此时，江南正是一片静寂，他想折下一枝梅花遥寄相思，却叹长路漫漫，一夜的积雪已将路途阻断，只能端起翠玉酒盏，一口口饮下，又忍不住流下惆怅的泪水。词人默默地望着满树红梅，旧时的回忆涌上心头。

谁的记忆里不曾有过深爱入骨之人，时间只能让人暂时忘却，却无法永久磨灭。恰如此刻，词人站在梅林中，总能记起"曾携手处，千树压、西湖寒碧"。

寒风起，只见梅花片片飘落，不知何时能见梅花重开。

# 疏　影

苔枝缀玉，有翠禽小小，枝上同宿。客里相逢，篱角黄昏，无言自倚修竹。昭君不惯胡沙远，但暗忆、江南江北。想佩环、月夜归来，化作此花幽独。

犹记深宫旧事，那人正睡里，飞近蛾绿。莫似春风，不管盈盈，早与安排金屋。还教一片随波去，又却怨、玉龙哀曲。等恁时、重觅幽香，已入小窗横幅。


苔枝与翠鸟皆为绿色，如美玉般点缀着梅花，同宿枝头。客旅漂泊之时曾与之相逢，像极了黄昏之时，斜阳映篱笆，佳人默默独立，倚着修长的竹子。那落寞的身影，又似王昭君远嫁，不习惯北方的风沙，总是暗暗地思念家国故土。他想，或许她会戴着环佩，趁着月夜归来，化作梅花的一缕幽魂，凌寒独自开。

词人的心底始终牵挂着那位远方的玉人，她有如梅花一般的气质，如昭君一般的命运，孤独又倔强地生存着，不知何年何月，会于月夜归来。美人如花，梅花似人，几时重逢？

他记得一桩深宫旧事，"那人正睡里，飞近蛾绿"，正是指寿阳公主的梅花妆。《太平御览·时序部》引《杂五行书》记载："宋武帝女寿阳公主，人日卧于含章殿檐下，梅花落公主额上，成五出花，挥为之不去。"南朝宋武帝刘裕之女寿阳公主卧在含章殿的屋檐下，微风吹过，梅花纷纷而落，恰好有几朵落到了公主的额头上，经汗渍染，留下了淡淡的花痕，添了几分娇柔。此后，宫人纷纷效仿起来，称之为"梅花妆"。

梅花盛开之际，应细心呵护，莫要如春风一样无情，任它经历风吹雨打。倘若早早给它一间黄金屋，它便有了归宿。可惜，他对梅花如此爱惜，终是改变不了梅花随水而去的命运，只能吹奏一曲，以诉心中哀愁。若等到花落去，再去寻觅幽香，只能在小窗边的画轴上再见它。

《暗香》《疏影》两首词既是咏梅，又是忆人。当年，姜夔行至合肥时，曾遇到两位歌伎姐妹，并钟情于其中一人，可惜，最终以分离收场。这段感情经历对他极为重要，此后，他作词多是怀念那段时光。那夜，梅下忆故人，又是多少幽梦，多少愁！

范成大甚是喜爱这两首词，便命家中歌伎习唱，其中一位名叫小红的歌伎，才貌双全，给姜夔留下了深刻印象，不似故人，胜似故人。也许是她回眸时的盈盈一笑，也许是她清歌时的惆怅哀怨，也许是她离开时的落寞孤独，总让姜夔觉得似曾相识，像极了词中的折梅玉人。

小红唱过这两首词后，对姜夔也是颇有好感。美人爱才子，才子慕美人，两人情投意合，范成大便将小红送给姜夔为妾。

那年除夕，姜夔乘舟归家，小舟驶过垂虹桥时，小红轻声而歌，他吹箫相伴，又作新诗《过垂虹》："自作新词韵最娇，小红低唱我吹箫。曲终过尽松陵路，回首烟波十四桥。"

遇见红颜，不只为了相爱，更是为了陪伴。也许，小红并非他的挚爱，但至少给予过他深情，令他的漫长余生不再孤独。

宁可抱香
枝头老

# 蝶恋花·送春

朱淑真

　　楼外垂杨千万缕，欲系青春[1]，少住[2]春还去。犹自[3]风前飘柳絮，随春且看归何处[4]。

　　绿满山川闻杜宇[5]，便做[6]无情，莫也[7]愁人苦。把酒送春[8]春不语，黄昏却下潇潇雨。

---

1　系：系住、拴系，有挽留之意。青春：大好春光，暗指作者的青春年华。

2　少住：稍稍停留一下。少：同"稍"。

3　犹自：仍自、依然。

4　"春归何处"是古代诗词中的常用语。白居易《大林寺桃花》："长恨春归无觅处，不知转入此中来。"且：姑且。

5　绿满山川：草木茂盛，漫山遍野，此处指春已深。杜宇：鸟名，即杜鹃。相传古代蜀王杜宇，死后魂魄化作鹃鸟，啼声悲切，好像在劝说旅人早日归家。

6　便做：即使是。

7　莫也：难道也、莫不是，为揣测之词。

8　把酒送春：举起酒杯送别春天。古人有把酒浇愁以示送春的习俗。

听闻，城南朱家的千金殁了。

那人问：何时的事情？

这人答：不记得了。

许是，昨日？许是，前日？谁又在乎呢？毕竟，已非良人，已无前尘。

钱塘，花尽后，叶飞时，风雨凄凄，她的故事流传了千年。

她姓朱，名淑真，窈窕淑女的"淑"，天真烂漫的"真"。她生于权贵之家，自幼锦衣玉食，通晓诗词歌赋。一卷诗书，一支朱笔，一盏清茶，这便是她的少年，无忧无虑，何其潇洒自在！清风拂面，凭栏读书，不经意间，露珠湿了衣裳，她只是淡淡一笑，望着远方，风月无边……

世人皆美少年时，大抵是因少年时光漫长且悠然，有先生教导，有父母疼惜，人生仿若一张雪白的宣纸，只等未来慢慢书写。可是，未来当真美好吗？她也曾想过未来：出嫁？相夫？教子？细细想来，古代女子的一生如此相似，任凭如何挣扎，都难逃盲婚哑嫁的宿命，亦无法摆脱索然无味的生活。

不！她绝不能那样活着！她要有自己的人生，邂逅一个人，成就一场梦。那日，她双鬟初合，已然成年，小心翼翼地拿起螺子黛，微微俯下身子，对镜画眉，口中轻声吟道："初合双鬟学画眉，未知心事属他谁？待将满抱中秋月，分付萧郎万首诗。"

女子已是锦瑟年华，却不知心属何人，无论萧郎是谁，必要才华横溢，不求"无数黄金钱"，只愿月圆共赏万首诗篇。

在憧憬与等待中，她遇见了挚爱之人。君子如珩，温文尔雅，那是白月光般的男子，一举一动皆能让她辗转难眠，夜夜相思。成长，往往只是一瞬间的事情，当人们心甘情愿踏入未知的世界，重新认识自己时，那便是成长。她成长了，也叛逆了，上元之夜，私会萧郎，灯火阑珊处，蓦然回首时，他们冲破世俗的牢笼，奔赴自由。为了他，她愿意走出深闺，成为他的恋人，甚至妻子。

"愿得一心人，白首不相离。"这一生，她认定了他。与他在一起时，或是吟诗作对，或是畅谈古今，或是把酒言欢，彼此欣赏，彼此倾心。因为他，她懂了何为离愁，何为寂寞，何为不舍。


"月上柳梢头，人约黄昏后。"如果时间一直停留在这个时候该多好，守着眼前人，共读万首诗，慢慢地读，读到暮雪白头。

只可惜，相爱容易相守难，他们终是有缘无分，未能圆满。一介书生如何能娶闺阁千金？门第是二人无法跨越的鸿沟。女子也曾反抗过，男子也曾争取过，只可惜，父母态度强硬，生生拆散了这对有情人。从此之后，她的世界便没有了光，万物皆是灰色，草木无情，岁月无伤，终是负了昨夜月光。

后来，父母为她寻了一位门当户对的夫婿。这是一段被利益捆绑的婚姻，女子是最大的受害者。那日，她望着小厮们抬着一箱箱聘礼进门，只听媒人笑道："此人相貌端正，又是朝廷官吏，真乃天赐良缘！"

天赐良缘？她的良缘早已远去了……

也罢，父母之命，媒妁之言，这便是宿命吧！她认命了，抱着一丝希望：可能也没有那么糟糕，世间那么多女子，都是这么走过来的。

披嫁衣、理红妆，将往事轻轻藏，只当不曾遇见过那抹明月光。她想重新开始，却又被现实狠狠地伤害。成亲以后，朱淑真渐渐看清了夫君的真面目，自言胸有鸿鹄大志，实则只想升官发财，官场小吏，俗不可耐。他忙于官场之事，阿谀奉承，攀龙附凤，纵有黄金屋，却无一念情深。

他不懂她因何望月垂泪，不懂她因何执笔叹息，不懂她因何独对春深。他从不了解，却又不停指责："为何只知舞文弄墨？为何不能专心女红？"

不爱，做什么都是错。她原本只是不爱他，如今，她已开始厌恶他。

## 自责（其一）

女子弄文诚可罪，那堪咏月更吟风。

磨穿铁砚非吾事，绣折金针却有功。

这是一首嘲讽诗，也许是写在争吵之后，又或是掌掴之前。她吟风咏月是错，旁人穿针刺绣便是功，何其可笑！到底是她错了，还是世俗错了？

女子一次次的忍让，让男人变本加厉，最初，只是辱骂，而后，变成殴打。他开始寻花问柳，携妓纳妾，全然无视她的感受。她只当舍去了躯壳，灵魂早已埋葬，心已成空。

她道："东君不与花为主，何以休生连理枝。"

她道："宁可抱香枝上老，不随黄叶舞秋风。"

朱淑真再也无法忍受这种生活，她提出和离，那人不肯；她提出休妻，那人亦不肯。这桩婚事关乎利益，关乎前程，男人自然不会轻易舍弃，哪怕同床异梦，也执意要留住她。无奈之下，她只能回到娘家，两地分居，从此，不再相见。

她时常会提着灯，站在檐下，望着远方，似乎在等什么人，又明白什么也等不到。雨雪霏霏，行人匆匆而过，有白衣少年，有青衫书生，却没有她的白月光。那些年，她独行、独坐、独唱、独酌、独卧，从寒至暑，愁病相伴。

每到春时，她总会下帏趺坐，旁人询问原因，她道："我不忍见春光也。"

最怕春光，最怕忆起年少时，又怕春逝，无力挽留，不忍相送。

一首《蝶恋花·送春》，送走了春光，也送走了年少时的爱情。

小楼外，杨柳依依，柳丝千千万万缕，仿佛要将春光牢牢系住。怎奈春光如此短暂，只是稍稍停留，便又匆匆而去，只剩柳絮随风远去，似要看春光归往何处。

山野间传来杜鹃凄伤的啼叫声，即便是无情人，闻之也会心中酸楚。她缓缓举起酒杯，以一杯薄酒送走春光，春却不语。黄昏时，忽又下起了潇潇细雨，可是春天的惜别之泪？

春，终将离去，正如某些人，也将随着时间消失。春光总有归时，可人呢？为何她还是等不来昔日的爱人？今朝，她守在最初的地方，追忆当年的美好，一幕幕，摧心肝。门外，她葬尽落花；门内，她落笔惆怅，谁的泪洒在了暮春烟雨间？若有平山填海的神通，此生能否不再悲剧一场？

岁月无情，红颜白发，唯有回忆不会苍老。恍然间的回眸，月上树梢，仿佛故人还在梨花树下，从未消失。

她的笔下有四季，有山河，有深情，写尽世间繁华，世间繁华皆是他。可惜，她再也未曾见过他。

归家多年，外面已是流言四起，言她"不贞"，责她"不洁"，亲友渐渐疏远她，家族以她为耻。她也不知自己做错了什么，这一生，她从未伤害过任何人，可是，世俗不容她，夫君不爱她，父母不怜她。

后世有人言其结局："其死也，不能葬骨于地下，如青冢之可吊。"

该是多么绝望，才会选择这样一条路。尸骨无处寻，许是投湖自尽，任由冰冷的湖水将自己吞没。那一刻，所有的喧嚣皆归于平静。

朱淑真死后，父母烧毁了她的诗篇，仅有少数保留下来，百不存一。多年以后，一位名叫魏仲恭的人，将她残存的诗词刊印，命名为《断肠集》。

"情"之一字化为万行诗，断肠人，天涯梦，朝朝暮暮终成空。

红消香断

有谁怜

# 卜算子

严 蕊

不是爱风尘[1]，似被前缘误[2]。花落花开自有时，总赖东君主[3]。

去也终须[4]去，住[5]也如何住。若得山花插满头，莫问奴归处。[6]

---

1 风尘：古代称青楼女子为沦落风尘，此处指青楼女子或青楼生活。

2 前缘误：前世的因缘所造成。

3 东君：司春之神，此处借指主管青楼女子的地方官吏。主：做主。

4 终须：终究。

5 住：留下来。

6 "若得"二句：若能头上插满山花，过着自由的生活，不须问我的归处。奴：
   古代妇女的自称。《宋史·陆秀夫传》："杨太妃垂帘，与群臣语，犹自称奴。"

这世上，谁不是满身伤痕，忍痛前行？

台州，一座寻常的城，藏着一位不寻常的才女。这里的官吏大都听说过她的艳名，严蕊，花蕊的蕊，人如其名，似花般娇嫩动人。多少文人墨客慕名而来，只为一睹芳容。世人只知她叫严蕊，却不知她原姓周，字幼芳，也曾有过一个温暖的家，也曾是父母掌中的明珠，只可惜，家道中落，不幸沦为台州营妓。

营妓是负责服侍官员的妓，虽是艺妓，却不"侍寝"。大宋律法规定，官员不得夜间召妓，不得伤害营妓，不得"私侍枕席"，只可以轻歌曼舞、饮酒赋诗。即便如此，她也仅是拥有了生命权，却得不到半分尊重。在权贵眼中，营妓终究是妓，是呼之则来、挥之则去的卑贱之躯。

那年春，她初遇台州知府唐仲友，宴席之上，唐仲友以红白桃花为题，命严蕊赋词。严蕊作《如梦令》："道是梨花不是，道是杏花不是。白白与红红，别是东风情味。曾记，曾记，人在武陵微醉。"

词中未曾提到桃花，却提到"梨花""杏花"，引出了陶渊明《桃花源记》中的武陵渔者，暗示此花为桃花。以"醉"字结尾，既是武陵人的陶醉，又是词人的心醉。

美人风采，目睹方知惊艳。唐仲友甚为欣喜，赏其缣帛。而后，他时常召严蕊侍酒，并为她落籍，使她与母亲得以相聚。他待她好，这是尽人皆知的事情，她也知道这种"好"无关风花雪月，他是朝廷官员，又有家室，她知道分寸，从不奢求更多的"好"。

同年，朱熹巡行台州。朝中官员本就钩心斗角，因唐仲友反对朱熹的理学，朱熹与唐仲友结怨甚深。他到了台州后，听闻严蕊之事，便趁机诬陷唐仲友与严蕊风化之罪，接连上书弹劾唐仲友。唐仲友身为朝廷命官，没有十足的证据，不可对其关押动刑，而严蕊却不同，她身份卑贱，无依无靠，随便一条罪名就可将其关押。

且不论朱熹、唐仲友二人孰对孰错，男人之间的斗争，为何女子却成了牺牲品，承受着一次又一次的伤害？女子入狱，即使清白，也是污点，而一旦有了污点，便再难洗干净。

从她被捕的那一刻，她就已经坠入了泥潭，挣扎着，忍受着，却看不见光明。光，永远不会照在她的身上。此刻，她被困于阴冷的牢狱中，在绝望中等待着光明的拯救。

会有人救她吗？

那些恩客？那些文人？那些官吏？谁才是她的希望？很久，很久，她都没有得到答案。

因为，无人救她。这绝不是一桩小案子，背后牵扯了太多的人和事，谁也不愿得罪权贵，谁也不愿卷进这场是非。人啊，都是自私的，性命攸关的时刻，才知哪个是真情，哪个是假意。

朱熹对严蕊施以鞭笞，企图屈打成招，只等她不堪重刑，便可立即定罪。只不过，朱熹并没有得到自己想要的结果。整整两个月，严蕊一再受刑，虽然被折磨得奄奄一息，却依旧未曾认罪。

严蕊是有骨气的女子，有就是有，没有就是没有，绝不会为了偷生而颠倒黑白。更何况，唐仲友有恩于自己，她绝不会背叛他。

她道："身为贱妓，纵是与太守有滥，料亦不至死；然是非真伪，岂可妄言以污士大夫，虽死不可诬也。"

朱熹精心布局陷害唐仲友，却没想到输给了一个弱女子。

这件事情闹得沸沸扬扬，也传到了天子耳中，一个朱熹，一个唐仲友，皆是朝中重臣，皇帝自是不便偏袒，权衡之下，便将此案交由岳飞的后人岳霖审理。

公堂之上，岳霖仔仔细细地翻看了供词，良久，抬头望向那个满身伤痕的女子，低声问："你还有何话说？"

他有心救她，便给了她辩解的机会。

严蕊静静地跪在地上，眸光清冷如霜，只听她不卑不亢地道："不是爱风尘，似被前缘误。花落花开自有时，总赖东君主。  去也终须去，住也如何住。若得山花插满头，莫问奴归处。"

她的声音很轻，似飘在空中的浮尘，那一句句痛彻心扉的词文，又仿佛化为了一把利刃，直直刺入人心。

"不是爱风尘，似被前缘误。"这首词的第一句，便直言自己并非喜好风尘，之所以堕入风尘，全是前生的因缘所误。因她抛头露面，便视她为祸国殃民的妖孽，言她"有伤风化"，这未免太不公平。当年，家中突生变故，未曾有人伸出援手，不幸流落烟花之地，一误终身。冥冥之中的宿命，这段"前缘"无法改变，她注定要成为被牺牲、被遗弃的那个人。

命运如花，花落花开，只能依靠神明东君来做主。东君，民间信仰的司春之神。词人是将岳霖喻为东君，命运如何，全凭他一句话。"赖"字隐隐透着祈求，此刻，岳霖就是她的依赖，她的神明。

　　以后，她该何去何从？词中言："去也终须去，住也如何住。"

　　离开风尘之地，终是最好的结局。若留下，她该如何留下？漫长的岁月，以色事他人，能得几时好？终有年老色衰的一日，她不愿继续这样的生活。倘若能走出监狱，她愿意重新开始自己的人生，万水千山，一人走遍。

　　莫问佳人归处，如若有朝一日，山花插满发鬓，那么她便得到了自由。她想要的归宿，不过是柴米油盐而已。这么简单，却又如此艰难。旁人轻而易举就能得到的平凡，她却要用半生去追寻。

　　这首词便是她最后的辩解。她缓缓闭上双眼，等待着"东君"的审判。

　　岳霖听后，没有继续询问，仿佛多说一字，都是对她的怀疑。没有人生下来便是风尘中人，她的人生道路已是崎岖难行，何苦再加为难？

　　最后，岳霖判其无罪，令其从良。

　　为何如此判案？或许，也有几分私心。某一年，某一月，他也曾听过她的名字，读过她的诗文，倾慕已久，却不曾表露。今日，他还她自由身，算是了却了旧时藏于心中的那份情。

　　她一步步走出公堂，温暖的阳光洒在身上，犹如重生。未来，她只为自己而活。

　　许多年后，严蕊的名字已经淡出了秦楼楚馆，那些文人墨客偶尔还会谈及她的往事：曾经，有一位艺妓不畏强权，傲然于世；后来，有一位丧妻的宗室子弟，不嫌她的出身，不计她的过往，纳她为妾，且不续娶，护她一世无忧。

这尘世或有不堪，却总有爱你之人，惜你之人。那人，在前方，在路上……

问世间情为何物

# 南乡子·清昼

张玉娘

　　疏雨动轻寒[1]，金鸭无心爇麝兰[2]。深院深深人不到，凭阑，尽日[3]花枝独自看。

　　销睡报双鬟[4]，茗鼎香分小凤团[5]。雪浪[6]不须除酒病，珊珊[7]，愁绕春丛[8]泪未干。

---

1　轻寒：微寒。秦观《浣溪沙》："漠漠轻寒上小楼，晓阴无赖似穷秋。"
2　金鸭：金铸的鸭形香炉。戴叔伦《春怨》："金鸭香消欲断魂，梨花春雨掩重门。"苏轼《寒食夜》："沉麝不烧金鸭冷，淡云笼月照梨花。"爇（ruò）：烧。麝兰：麝香和兰香，一般指代非常浓郁、独特的香气。韦庄《天仙子》："醺醺酒气麝兰和。"
3　尽日：终日，整天。李商隐《重过圣女祠》："一春梦雨常飘瓦，尽日灵风不满旗。"严恽《落花》："尽日问花花不语，为谁零落为谁开。"
4　双鬟：古代年轻女子的两个环形发髻，此处借指婢女。
5　小凤团：宋代茶叶精品，亦称"小凤"。苏轼《用前韵答西掖诸公见和》："上樽日日泻黄封，赐茗时时开小凤。"
6　雪浪：指鲜白的茶水。
7　珊珊：轻盈、舒缓的样子。
8　春丛：春日丛生的花木。欧阳修《和原父扬州六题·蒙谷》："一径崎岖入谷中，翠条红刺罥春丛。"

问世间情是何物，直教生死相许。

戏台上，唱着悲欢离合，英台抗婚，白蛇盗药，为了爱情，痴情人总能奋不顾身，像是飞蛾扑火，又像是涅槃重生。他们在红尘等待，等到青衫旧，等到人影稀。

张玉娘，字若琼，她的人生如昙花一现，短暂而惊艳，为爱而生，为爱而逝，以笔墨书写了一生的情。

她生于书香门第，祖辈都是官员，曾祖父是进士，祖父曾任登仕郎，父亲任提举官，虽不是位高权重的官职，却也不容小觑。这样的大户人家最是注重教育，即便是女子，也要饱读诗书。张玉娘最擅诗词，其才堪比东汉才女班昭，深得父母喜爱。

玉娘幼时便认识沈佺，沈家是世代书香之家，与张家有中表之亲，论辈分，玉娘应唤他一声"表哥"。二人同庚，兴趣相投，自幼便在一处读书、嬉戏，陪伴彼此走过十几个春夏秋冬。

及笄之年，张家与沈家欢欢喜喜地定下了姻事，门当户对，郎才女貌，自是一桩美事。玉娘闻之，不胜欢喜，亲手做了一个香囊，并用丝线绣上一首小诗《紫香囊》："珍重天孙剪紫霞，沉香羞认旧繁华。纫兰独抱灵均操，不带春风儿女花。"

这一针一线皆是女儿情，赠君香囊，百日香，百日想。玉娘只盼望着时间过得快一些，她能早日成为他的妻子，朝朝暮暮，相伴终老。

然而，天有不测风云，沈佺家突遭变故，家道中落；又逢战乱，大宋江山危矣，沈佺无心考取功名，张家有了悔婚之意。玉娘一片痴心，非沈佺不嫁，含泪写下《双燕离》：

白杨花发春正美，黄鹄帘低垂。燕子双去复双来，将雏成旧垒。秋风忽夜起，相呼渡江水。

风高江浪危，拆散东西飞。红径紫陌芳情断，朱户琼窗侣梦违。憔悴卫佳人，年年愁独归。

她久跪在烈日下，苦苦央求父母成全自己的心意，为了捍卫自己的爱情，已不顾一切。父母终究还是爱惜子女，不忍女儿伤心落泪，便随了她的意。只不过，他们不愿玉娘嫁给一个穷书生，便提出一个条件："欲为佳婿，必待乘龙。"这条件并不算苛刻，张家长辈了解沈佺，以他之才，若考，必中。可如今的大宋朝堂，真的值得尽忠吗？沈佺早已对朝廷失望透顶，若不是为了迎娶玉娘，他绝不会踏入那样的污浊之地。

那年，沈佺赴京赶考，玉娘亲手端着美酒，为他饯行。长亭送别，古道西风，君且去，愿事事平安，愿相思不负。从此，玉娘的生活除了等待，便是相思，一日日，一夜夜，盼着他的书信，盼着他的消息。

于是，便有了这样一首《南乡子·清昼》，诉说女儿家的闺中愁怨。细雨微寒，已无心去点燃熏香；庭院深深，总也等不到心上之人。她孤独地倚着栏杆，从黎明到黄昏，将繁花看尽，皆是悲凉。偶尔，也会品茗，却不想以茶醒酒，美人醉时赏花，愁绪绕花丛，泪水终不干。

闺怨词就像是行走在江南雨巷的丁香姑娘，淡淡的惆怅，缓缓流入心底。词中透着女子的忧郁。自从离别，她的日子变得漫长无趣，"尽日花枝独自看"，赏花；"愁绕春丛泪未干"，落泪。从早到晚，思念没有一刻停止。

隔着关山，隔着江河，她只能将相思写成诗词，寄给遥远的爱人。

深夜，她又拨动着琴弦，缓缓道："山之高，月出小。月之小，何皎皎！我有所思在远道。一日不见兮，我心悄悄。采苦采苦，于山之南。忡忡忧心，其何以堪。汝心金石坚，我操冰雪洁。拟结百岁盟，忽成一朝别。朝云暮雨心来去，千里相思共明月。"（《山之高》三章）

明月皎皎，吾心悄悄，此时，他在何处？是否也会想起她？

那夜，她又填了一阕词："何时星前月下，重将清冷，细与温存。蓟燕秋劲，玉郎应未整归鞍。数新鸿、欲传佳信，阁兔毫、难写悲酸。到黄昏。败荷疏雨，几度销魂。"（《玉蝴蝶·离情》）

星月之下，细数流年，几分温存，几分思念。她的沈郎何时归来？她提笔，欲写书信，却又难写心中悲酸。离开的人，带走了祝愿；留下的人，坚守着誓言。

她以为，只要等待着，总能等到他。


京城，沈佺不负众望，已顺利进入殿试，且高中榜眼，一时之间，名满京城。沈佺对张家的承诺已经兑现，心愿即将达成，可是，他却未有片刻的欢喜。此次进京，他一路所见皆是贫苦、萧条、战乱，朝廷漠视百姓，皇帝贪图享乐，天下如此不堪，他该如何为官？可是，不为官，

他又如何娶玉娘？

无数问题萦绕在心头，烦闷、苦恼、纠结，终于，年纪轻轻的沈佺忧思成疾，一病不起。世人皆恨天妒英才，却不知英才难得清醒，早已看破功名利禄。重病缠身之时，他心中唯一放不下的人便是玉娘。这纷纷扰扰的浊世中，或许只有爱情，才能支撑他活得更久一些。

玉娘得知沈佺病重的消息，悲痛欲绝，几度昏厥。苍天不怜有情人，一场等待皆成空，她提笔，在信笺上重重地写下一行字："妾不偶于君，愿死以同穴也！"

生不能同枕，愿死同穴。她已下定决心要随他同去黄泉，不离不弃，生死相许。

沈佺读到这封信，感玉娘之情深，虚弱地拿起纸笔，回赠一首诗："隔水度仙妃，清绝雪争飞。娇花羞素质，秋月见寒辉。高情春不染，心镜尘难依。何当饮云液，共跨双鸾归。"（《病中赠张玉娘》）

不久，沈佺病逝，玉娘听闻丧讯，一心只想殉情，怎奈父母阻拦，苦苦哀求女儿留在世间。父母不忍见她孤身一人，有意另择佳婿，让她开始一段新的人生。可是，玉娘的心早就给了沈佺，虽未成亲，却已认定了他。她拒绝道："妾所未亡者，为有二亲耳。"

她愿以"未亡人"的身份为沈佺守节，守着他的牌位，了此残生。有人羡慕古人的真情，有人嘲笑古人的执拗，不是局中人，焉知相思苦？

六年后，元宵佳节，万家团圆时，玉娘独坐书房，点燃一盏青灯，昏黄的光晕中，她恍惚看见了一个熟悉的人影，却怎么也无法靠近。那是她日思夜想的沈郎！也许，这只是一场梦，可她希望自己永远不要醒来。

　　玉娘在悲痛中离开人世时，年仅二十八岁。对她来说，这何尝不是一种解脱，与其行尸走肉般苟活，不如就此归去，成全自己的心。父母知道她有"死以同穴"的心愿，便将两人合葬于县城西郊枫林之野。

　　爱一个人，与距离无关，与时间无关，与生死无关。因为爱，相逢；因为爱，追寻；因为爱，执着。当你牵起爱人的手，便要知道，爱情是生生世世的事情。

昨夜良辰
遇良人

# 卜算子·赠乐婉杭妓

施酒监

相逢情便深，恨不相逢早。识尽千千万万人，终不似、伊家[1]好。

别你登长道[2]，转更添烦恼。楼外朱楼独倚阑[3]，满目围芳草。

---

1　伊家：你。黄庭坚《点绛唇》："闻道伊家，终日眉儿皱。"
2　长道：大道，远路。《诗经·鲁颂·泮水》："顺彼长道，屈此群丑。"朱熹《诗集传》："长道，犹大道也。"
3　倚阑：靠着栏杆。

倘若相聚终须离别，你是否还会遇见那个人？

春风吹散了桃花，花瓣缓缓落在姑娘的团扇上，姑娘想了许久，不知该葬于尘土中，还是洒进池水里。忽而，一阵微风袭来，那花瓣又随风而起，飞向墙外……

只听姑娘轻轻地叹息：罢了，罢了，那落花自有去处。

女子名唤乐婉，杭州艺妓，不知何年何月被何人卖入青楼，只记得那日风和日丽，一位花枝招展的姐姐牵住她的手，告诉她："从今日起，这里便是你的家。"

青楼中的女子大都背负着一段悲伤往事，有被亲生父母所卖，有被丈夫所弃，有被人贩所拐，还有家中忽逢变故，流落此地。总之，她们皆不愿提起因何而来，来了，便是命不由己，只求遇见一心人，脱籍从良，逃离苦海。只是，从良以后，当真生活得好？非也。幸运的人，入深宅大院为妾，从一个牢笼进入另一个牢笼；不幸的人，遇到薄情郎，落魄之时，又不知被卖到何处。

有时候，鸨母也会不禁感叹："留下是苦，离开亦是苦。"

乐婉想着：既然皆苦，索性不识情深，便可不害相思。

倘若有一日，她遇见了心爱之人，绝不会轻易许诺一生。

只是，她未曾想到，那一日，竟来得如此之快。

一个寻常的夜，席间有官吏、有文人、有歌伎，推杯换盏，吟诗作对。乐婉抱着琵琶缓缓走进屋子，转轴拨弦调试着琴音，只这几个动作，便令谈笑声戛然而止。

有人介绍道："这是乐婉姑娘，擅音律。"

四周一片安静，只见乐婉素手拨弦，一曲《霓裳》流过，轻轻诉说爱恨。

一曲罢，惊艳四座，如仙乐入耳，余音绕梁。

有酒客邀请乐婉入席，乐婉并未推辞，端着酒盏，由主及宾，一位位行礼、敬酒、谢赏。

这时，乐婉注意到一个不善言谈的公子，他是众人推举出的酒监。

《诗经·小雅·宾之初筵》中言："凡此饮酒，或醉或否。既立之监，或佐之史。"古人宴饮之时，会推举出一位监督饮酒的人，称为酒监。

他虽是酒监，却没有刻意为难酒量较浅的宾客，只是安静地坐在角落，身旁也没有佳人相陪。乐婉走到他身旁，轻声问："公子，贵姓？"

他垂着头，低声答了一个字："施。"

乐婉瞧见他这副腼腆的模样，便知此人是第一次来此烟花之地。她并未与他多言，只当他是普通的酒客，礼貌地敬了一杯酒，便转身离去。

那时候，她并不知这短暂的初见意味着什么。

自那日以后，乐婉每每登台献艺，台下总站着那位姓施的公子。他目不转睛地望着台上人，等到曲终，便立刻走过去，或是问候，或是赠诗，或是赏钱。

乐婉也曾结识过许多男子，大都是薄情的酒客，今日赞了她的曲，明日便爱了别人的花，偶尔遇见几个看似真心的男子，吟风弄月，数日后又不辞而别。唯独这位施公子，过于不同，他虽不善言辞，却比任何人都情深，不论风霜雨雪，日日来此，从不失约。今日她又弹了什么曲？曲悲，他则伤；曲欢，他则安。如此男儿，女子怎能不动心？毕竟，从未有一人如此待她。

她接受了他的情，从此眼中再无旁人，一曲琵琶，只为他一人而弹。

春时，他折下枝头最艳的桃花，送到她掌中，鼓足勇气告诉她："我一定会为你赎身，等着我！我要娶你。"

她纤细的十指紧握着那枝桃花，信了他的话。

后来，她等了许久，没有等来他的婚书，却等来了他的离去。

花楼之上，满堂欢喜，众人举杯庆贺施公子即将去外地赴任。

这正是他们初见的地方。乐婉抱着琵琶一步步走上高台，回想着曾经的缱绻，再弹一曲《霓裳》。琵琶声声响，柔肠寸寸断。世间何来共白头，终是痴人说梦。

那一刻，她听见了自己心碎的声音。

曲罢，她走下台，不甘心地质问："为何？"

他有千万个理由，又言没有攒够赎身的银子，又言家中父母不喜歌伎，又言恐她进门受人非议。他的一字一句如利刃般刺进她的心，她冷漠地直视着他，他却胆怯地避开了她的目光。是害怕，还是愧疚？

直到此时，她才看透了这个男人的心，只可惜，太晚了。

她忽然想起那句话："留下是苦，离开亦是苦。"

凡是动情，万事皆苦。

也罢，终是红尘中的过客，乐婉优雅地举起酒盏，一饮而尽，苦笑道："恭贺施大人高升。"

他知道自己愧对于她，不敢再言，只是从袖中取出一封信，递给她，求她看一眼。

乐婉打开信纸，上面写着短短的一首词："相逢情便深，恨不相逢早。识尽千千万万人，终不似、伊家好。　　别你登长道，转更添烦恼。楼外朱楼独倚阑，满目围芳草。"

相逢之时，便情根深种，只恨不曾早些相逢。他遇见过千千万万人，终无一人似她这般好。如今离别，他要踏上远去的道路，心中更添烦恼。日后，独倚栏杆，满目皆是芳草，再无她的踪迹。

好一句"相逢情便深"！人们皆知那句"情不知所起，一往而深"，却不知另一句"情不知所终，一往而殆"。情，有过开始，便会有结束。当年，回眸的人是他；如今，离去的人也是他。深情是他，薄情也是他，一场情事如梦，转眼人不见。

只是苦了佳人，一时半刻，无法放下这段爱恋。

乐婉慢慢折起信笺，放置一旁，手指蘸着酒，在桌上写了一首《卜算子·答施》：

相思似海深，旧事如天远。泪滴千千万万行，更使人、愁肠断。
要见无因见，拼了终难拼。若是前生未有缘，待重结、来生愿。

曾经的相思似海深，美好的旧事如天边遥远。她留下千万行眼泪，只能令自己肝肠寸断。想见终难见，想舍亦难舍。倘若此生没有缘分，那就来世结缘。

爱情，如此折磨女子，此时，她受尽背叛，竟还希望来世再与他相遇。

或许，等到来世，她会生于清白人家，明媒正娶，堂堂正正地活一生。

春光短，桃花落，留不得。

姑娘又拿起旧日的团扇，摇了摇，晃了晃，只听她轻轻地叹息："罢了，罢了，那落花自有去处。"

开到荼蘼花事了

# 小重山

吴淑姬

谢了荼蘼春事¹休。无多花片子²，缀枝头。庭槐影碎被风揉³。莺⁴虽老，声尚带娇羞。

独自倚妆楼⁵。一川烟草浪，衬云浮。⁶不如归去下帘钩⁷。心儿小，难着⁸许多愁。

---

1 荼蘼：今作"荼縻"。蔷薇科植物，初夏开花，多是白色，有香味，不结实。王琪《春暮游小园》："开到荼蘼花事了，丝丝天棘出莓墙。"春事：特指花事。

2 花片子：即花瓣。元稹《古艳诗二首·其二》："等闲弄水浮花片，流出门前赚阮郎。"

3 揉：揉碎。

4 莺：鸟名，又叫黄莺、黄鹂。

5 妆楼：指女子的居室。语出沈佺期《侍宴安乐公主新宅应制》："妆楼翠幌教春住，舞阁金铺借日悬。"柳永《少年游》："日高花榭懒梳头，无语倚妆楼。"

6 "一川"二句：连天烟草，衬着浮云，如滚滚浪涛，铺天盖地而来。一川：遍地，一片。

7 下帘钩：放下卷帘所用的钩子。王昌龄《青楼怨》："肠断关山不解说，依依残月下帘钩。"

8 难着：难以承载。

天上人间，最美好的时节，莫过于初夏。

春风还未离去，暑热尚未来临，无柳絮因风起，无落英随风去，若是恰逢一场细雨，廊下听雨，书香绕指，生活便只剩下慵懒与安逸了。

这首词便写于那个时节，那个词人最爱的时节。

这年初夏，吴淑姬静静地站在庭院中，凝望着枝头的荼蘼花，眉眼中满浸着哀愁。

荼蘼花，开于春末夏初，花开之时，便是一年花季的尽头。"谢了荼蘼春事休"，荼蘼花谢，春事皆休，往日的忧愁也将随着落花而去。不过，今年的荼蘼花谢得太晚，那片片花瓣依旧点缀着枝头，不舍离去。

群芳凋落，唯有荼蘼之花盛开，如此夺目，又如此孤独。荼蘼花将谢未谢，花事未了，春愁未散。

夏初的庭院最是寂静，花瓣落地似有声，清风拂过，槐树之影被风揉碎，偶尔，传来几声黄莺的欢鸣。黄莺虽已老，但声音却宛如少女般娇羞，将老未老，亦如词人将逝未逝的芳华、将歇未歇的思念、将舍未舍的情感。

她独自倚楼远眺，连天烟草如波涛，浮云流动滚滚袭来，恰如女子心头涌起的愁绪，不如放下帘钩，隔断窗外之景，不见，便不会愁。

《红楼梦》曾言："女儿悲，青春已大守空闺。女儿愁，悔教夫婿觅封侯。女儿喜，对镜晨妆颜色美。女儿乐，秋千架上春衫薄。……滴不尽相思血泪抛红豆，开不完春柳春花满画楼。睡不稳纱窗风雨黄昏后，忘不了新愁与旧愁。咽不下玉粒金莼噎满喉，照不见菱花镜里形容瘦。展不开的眉头，捱不明的更漏。呀！恰便似遮不住的青山隐隐，流不断的绿水悠悠。"

"心儿小，难着许多愁。"女子之心如一叶扁舟，承载了过往的喜悲，终有一日，不堪重负，沉入汹涌的波涛，无人将它打捞。

女子因何而愁？大抵是因生而柔弱，世俗又不曾怜悯，礼法过于严苛，所行之路皆是坎坷，一不小心便落入万劫不复的深渊。

吴淑姬，生辰不详，卒年不详，她的词作正如她的命运，湮没于历史的长河中，鲜少被人提及。其实，"淑姬"并不是她真正的名字。她曾入狱，在世人眼中，她是不堪之人，人们又岂会记得她的名字？

她生于书香之家，父亲是秀才，教她读书识字，诗文礼仪。家中虽然清贫，却贫穷不贫志，吴淑姬既有才情，又有傲骨。如此出众的女子，自然少不了倾慕者，"窈窕淑女，君子好逑"，这本是美好之事。

只可惜，她还未遇到如玉君子，便被一位富家公子强行抢入府中，霸占数年之久。那人有权有势，只手遮天，她不敢反抗，恐祸及家人，只能默默忍受着屈辱，度日如年，只盼有一日，那人倦了、厌了，便会放过她。后来，那人果真厌倦了，却没有还她自由，而是诬陷她与外人私通，知州王十朋将她收入牢中，判处徒刑。

郡僚早闻吴淑姬之才，得知此案，便亲自去往狱中探视，并安排下酒席，除去她的枷锁，命她侍饮。侍饮，便是侍候、陪从男子饮宴。

这本是青楼女子所做之事，他们提出这般要求，无非是为了满足一己私欲，想目睹美人落魄时的哀怜，看她如何为自己申冤。

宴席之上，男人刻意刁难也好，真心怜悯也罢，她必须不失优雅地微笑着承受。身陷囹圄之人，有何尊严可谈？他们想看戏，她便演一出戏，供他们欣赏。

她身着布衣而来，眉眼间流露着几分憔悴，只静静地坐在那里，不言不语，却惹人心怜。女子如水，看似柔弱，实则坚韧，她的一颦一叹能够悄然无声地流入男人心间，令他们产生共情。

席间，有人命她作词。

这是她最后的机会，生死便在这些人的一念之间。这首词关乎她的命运。

沉思片刻，她提笔作《长相思令》：

烟霏霏，雪霏霏。雪向梅花枝上堆，春从何处回？

醉眼开，睡眼开，疏影横斜安在哉？从教塞管催。

寒冬之雪，簌簌而落，白雪落在梅花枝头，越积越沉，已将梅花掩盖。雪花如此欺凌寒梅，词人不禁担忧：春还会来吗？春天从何处来？

吴淑姬的处境不正是如此吗？本是清清白白的女子，却遭人诬陷，无处鸣冤，恰如凛冬时节的红梅，渴望春风融化冰雪，渴望洗刷冤屈，重见光明。

春，总让人如此向往。待到繁花烂漫时，梅花将从梦中苏醒，于月下疏影横斜，暗香浮动。没有风霜，没有摧残，一切都是那般惬意。

若她重获自由，也将绽放美好，不辜负陌上花开。

只是，以上终是幻想，一阵羌笛声将她拖回地狱，雪依旧冰冷，风从未停止，红梅纷纷落下，佳人声声啼哭，无人怜惜。罢了，便让梅花落入尘土，任其自生自灭。世道如此不公，她又何必苦苦追寻清白，就让自己永远沉入深渊，随风而去吧。

他们想英雄救美，她便成全他们，将心中的无奈、委屈、向往尽数写入词中，等待他们伸出援手。若见了这般女子，谁人不怜？

次日，知州王十朋重审此案，证其有冤，将其释放。

她安然无恙地走出牢狱，却并不觉得欢喜。若她目不识丁，那些人可还会救她？答案一定是不会。他们选择救下她，不是因为她的冤，而是因为她的人。

后来，吴淑姬独自生活了许久，久到余生沧桑，久到被世人遗忘。一个人，登高、游湖、望月，看尽了悲欢离合，尝遍了人间百苦，用血与泪写下一篇又一篇诗文。直到她遇见一位良人，那人不过问她的曾经，护了她一世安宁。

可是，那段满是疮疤的往事还是成为一生的伤，难以抚平，难以愈合。

"开到荼蘼花事了"，红尘路，知多少？只将万事皆看破，心安时，朱颜老。

苍天不闻
天下事

# 西 河

王 埜

　　天下事，问天怎忍如此！陵图[1]谁把献君王，结愁[2]未已。少豪气概总成尘，空余白骨黄苇[3]。

　　千古恨，吾老矣。东游曾吊淮水。绣春台[4]上一回登，一回揾[5]泪。醉归抚剑倚西风，江涛犹壮人意。

　　只今袖手野色里，望长淮[6]、犹二千里。纵有英心谁寄[7]！近新来、又报胡尘[8]起。绝域张骞归来未[9]？

---

1　陵图：皇陵舆图。《续资治通鉴》："朱扬祖、林柘以《八陵图》上进。"

2　结愁：难解的忧愁。

3　黄苇：枯黄的芦苇。这两句意谓豪杰之士含恨九泉，只留下一座座荒坟。

4　绣春台：位于安徽省池州市贵池区齐山。

5　揾（wèn）：擦、拭。

6　长淮：即淮河。此时作者身在后方，远离淮河前线。

7　英心：雄心。谁寄：向谁倾诉。

8　胡尘：此处指蒙古军发动战乱。

9　绝域：极远的地方。

端平元年（1234），靖康之耻，终到灭时。

那年，金哀宗自缢，金亡。宋军收复东京、西京等失地，太常寺主簿朱扬祖、阁门祇候林柘诣洛阳省谒八陵，甲戌，朱扬祖、林柘献《八陵图》。

帝问："诸陵相去几何？"

朱扬祖细细回答，帝闻之，忍涕太息久之。

献陵图之事堪称当世盛举，故土回归，一雪多年耻辱，终是无愧于赵氏列祖列宗。

这一年，迎来了胜利，亦迎来了战乱。九月，蒙古军南下，宋、蒙开始第一次战争，江河沦陷，万里枯骨。

天下，几时能安？

王埜，字子文，号潜斋，曾是朝廷命官，因与宰相不合，罢任而归。

自罢官赋闲在家，王埜总会想起《八陵图》，如今，距离那段历史已过去二十多个春秋。二十多年，弹指一挥间，人渐渐老去，国慢慢衰落，江南从未有过片刻的安宁。遥想当年北伐灭金，何其壮哉；而今，蒙古大军南下，掠夺河山，屠杀百姓，靖康之耻又将上演。

本是忧国忧民的忠臣，奈何君主弃之，望着山河国土，他悲愤地写下了这首《西河》。

词的第一句便是向天发问："天下事，问天怎忍如此！"

苍天！怎么忍心将天下事变得如此不堪？旧时，金兵入侵，大宋皇帝为了偷安，不惜向金人纳贡称臣；而今，金国灭亡，蒙古大军压境，皇帝又一次成了懦夫，不肯积极抗战，躲在一片"祥和"的皇城里。

再想起献陵图一事，更是愁绪难解。"少豪气概总成尘，空余白骨黄苇。"那些年少英勇之人，空有一身豪气，奈何报国无门，最终，只剩下白骨，埋葬于荒野。词人也曾是那样的少年，也正在走向那样的结局……

谁会甘心如此？寒窗苦读，考取功名，是为了国，为了君，为了理想与信念。他曾任两浙转运判官、权镇江知府、沿江制置使、江东安抚使，后拜端明殿学士，签书枢密院事，封吴郡侯。无论官职大小，皆感百姓之所感，痛百姓之所痛。

"千古恨，吾老矣。"只恨岁月无情，他已渐渐老去。

当年，他经过金陵城，凭吊秦淮河。金陵，六朝古都，东吴、东晋及南朝宋、齐、梁、陈都曾定都于此，这些王朝兴盛时奢靡无度，衰败时只在瞬间。昨日纸醉金迷，今朝断壁残垣，历史的教训难道还不够深刻？每登一次绣春台，便要擦拭一次眼泪，借酒消愁，醉后归来，只能独自站在西风中抚剑，望江涛滚滚，似在鼓舞有识之士的意志。

如今，词人赋闲在家，不能参与天下事，居于山野之中，远望淮水，纵然有雄心壮志，又有谁可以寄托？唯有暗自苦闷，悲愤又无能为力。

最近，听闻远方的胡人再生战乱，抗击匈奴的张骞可曾归来？

若大宋能容下张骞，何愁不山河无恙！

夜已深，庭院寂静，书房中亮着昏黄的光，曹豳默默读着这首《西河》，心中涌动着的悲愤似要冲破无边的黑暗，直上九霄。他问苍天，天下事怎忍如此？

回首少年时，他与王埜同为浙江人，先后中进士第，风华正茂，满怀壮志，誓要建功立业。入朝为官后，虽不能时时相见，但两人的观点、思想不谋而合，清正为本，敢于直言。宦海沉浮，罢官的罢官，迁职的迁职，他们的人生走向了不同的方向，唯一不变的是那颗爱国之心。

大宋，黎民之大宋，已到了生死存亡之际，人人皆清醒，唯有统治者还沉浸在虚假的梦中，享受着暴风雨前最后的宁静。

那夜，曹豳提笔，写下《西河·和王潜斋韵》：

今日事。何人弄得如此。漫漫白骨蔽川原，恨何日已。关河万里寂无烟，月明空照芦苇。

谩哀痛，无及矣。无情莫问江水。西风落日惨新亭，几人堕泪。战和何者是良筹，扶危但看天意。

只今寂寞薮泽里。岂无人、高卧闾里。试问安危谁寄。定相将、有诏催公起。须信前书言犹未。

王埜的第一句是责问苍天，而曹豳的第一句是对人发问，这词中的"人"自然是高高在上的掌权者。天下事如此不堪，皆是人的过失。且看，漫漫白骨露于川原，万里荒寂无人烟，目之所及，一片苍凉，冷月空照，芦苇幽幽，这里是人间，也是炼狱。

王埜道："千古恨，吾老矣。"

曹豳道："谩哀痛，无及矣。"

他安慰好友不必太过哀伤。哀伤，已是无用。

而后，词中又引用了一个典故。《世说新语·言语》记载：

过江诸人，每至美日，辄相邀新亭，借卉饮宴。周侯中坐而叹曰："风景不殊，正自有山河之异！"皆相视流泪。唯王丞相愀然变色曰："当共戮力王室，克复神州，何至作楚囚相对？"

东晋士人渡江之后，相邀来到新亭，坐在草地上饮酒。周侯叹息道："景色没有什么不同，只是山河有异。"众人相视落泪。丞相王导厉声道："我们应当齐心协力，报效朝廷，收复中原，怎可像楚囚一样相对落泪？"

这段故事是激励人们应当化悲愤为力量。然而，如今朝局混乱，这样的人已太少了。满朝文武，一派主战，一派主和，战与和到底该如何决策？统治者无法决策，只能听从天命。一个国家的命运要交于苍天，岂不可笑？

当王埜将家国的希望寄予历史名臣张骞时，曹豳却将目光投向王埜，道："岂无人、高卧闾里。试问安危谁寄。定相将、有诏催公起。"

有朝一日，若王埜能返朝，那必会立下一番功业。

倘若大宋人人皆是张骞，何愁不万世太平！

后来，忠臣逝去，将军战死，有人站在荒野上，望着城池一点点毁灭，伴着浓烟，所有的美好皆化为灰烬。

盛世已是过往，多少悲欢离合，化为历史的尘埃，谁将尘埃捧起，混着血泪藏于心底？

他们一直在等待，等待家国强盛、安宁、无忧。那里，没有烽火硝烟；那里，人人都带着笑容……

等着繁华尽处，遍地花开。

人生何处
不相逢

# 失调名

叶　李

　　君来路。吾归路。来来去去何时住。公田关子[1]竟何如，国事当时谁汝误。

　　雷州户[2]。崖州户[3]。人生会有相逢处。客中颇恨乏[4]蒸羊，聊赠一篇长短句[5]。

---

1　公田：此处指南宋末年，朝廷为增加赋税收入而向民间强制征购土地，即"公田制"。关子：南宋纸币名。吴自牧《梦粱录·都市钱会》："贾秋壑为相日，变法增造金银关子，以十八界三贯准一贯关子。"
2　雷州户：指寇准。寇准遭丁谓诬陷，被贬为雷州司户参军，天圣元年（1023），病逝于雷州贬所。
3　崖州户：指丁谓。宋仁宗即位后，丁谓被贬为崖州司户参军，三年后调到雷州。
4　客中：旅居他乡。孟浩然《早寒江上有怀》："乡泪客中尽，孤帆天际看。"恨：遗憾，后悔。乏：没有，无。
5　聊：姑且，勉强。长短句：词的本名。

古道音尘绝，荒草人烟稀，一行官兵正押送囚车缓缓而行，囚车上的犯人蓬头垢面，麻木地望着前方。

此人正是"蟋蟀宰相"贾似道。

贾似道，字师宪，其姐为宋理宗的贵妃，依靠这层关系，平步青云，无所忌惮。蒙古大军压境之时，皇帝派贾似道指挥作战，忽必烈率军围攻鄂州，贾似道派使臣求和，愿向蒙古纳币。恰逢蒙古大汗蒙哥在钓鱼城战死，忽必烈决定退兵，贾似道便上奏朝廷，夸大其功，又与同党编纂《福华编》，歌颂自己的"抗蒙功绩"。几年后，忽必烈夺得蒙古汗位，卷土重来，贾似道隐匿不报，直到元军攻占了鄂州，迫于舆论压力，他不得不亲自出战。一场惨烈的战争过后，宋军死伤无数，贾似道弃城而逃。惊闻此事，朝野上下一片愤怒，谴责其卖国行为，要求杀奸臣以谢天下。谢太皇太后念及他是三朝元老，免去死罪，贬往广东偏远之地。

这一路，他受尽世人痛骂，却毫无悔意，宁愿苟活于世，也不愿自尽以赎其罪。

只是，贾似道未曾想到，竟会在这条荒芜的道路上遇见故人。

道路的前方，一个熟悉的身影向他走来，有些人，哪怕数十年未见，也依旧无法忘记。

那人走到囚车前，轻蔑地问候道："贾大人，别来无恙。"

无恙？怎能无恙？贾似道凝视着眼前人，陷入一段回忆中。

那年，蒙古军撤退，他"凯旋"归朝，再任宰相。他创立公田制，滥发纸币，朝廷内外无人敢言，直到一个名唤叶李的太学生出现。此人联合国子监同舍生康棣等八十三人，向皇帝上书，抨击公田制误国，其中直言："似道缪司台鼎，变乱纪纲，毒害生灵，神人共怒，以干天谴。"他自是不会放过叶李，暗中唆使临安府尹刘良贵诬告叶李，将其流放到漳州。

本以为从此不会再相见，没想到，竟会在这里遇见他。只是，如今的他已不是宰相，而是流放之人。再看叶李，一身白衣，显然是已获释，正准备返回临安。这正应了那句话：天道好轮回。

贾似道不甘地紧闭双眼，等待着他的嘲笑。骂吧！恨吧！他已经习惯了……

半晌，叶李都未曾说话，面对这个毁了大宋半壁江山的人，明明深恶痛绝，却不知如何开口。辱骂，不过是泄一时之愤，并不能摧毁他。

他要贾似道一辈子都记住今日，记住自己。

叶李冷声道："君来路。吾归路。来来去去何时住。公田关子竟何如，国事当时谁汝误。　雷州户。崖州户。人生会有相逢处。客中颇恨乏蒸羊，聊赠一篇长短句。"

你的来路，我的归路，一来一去，何处是终点？他的前方是临安，而贾似道的前方又是什么？

"公田关子竟何如"，当年的公田制和关子制，现在究竟怎样？公田制误了国事，误了百姓。贾似道废交子，立公田，限定所有人的地产数量，由朝廷出面，购买官员、豪绅超过律法规定的土地，这些由国家收购的土地变成公田，收成可用来作军粮。本是改革善举，却以失败告终，实施以后，不仅没有缓解通货膨胀，反而使得纸币贬值，百姓生活越发艰难。

且不论改革的对与错，贾似道恶意诬陷反对者，这是不争的事实。叶李何错之有？不过是实话实说而已，为何要毁了一个年轻人的前途？

"雷州户""崖州户"分别指寇准和丁谓。欧阳修《归田录》卷一记载：

寇忠愍公之贬也，初以列卿知安州，既而又贬衡州副使，又贬道州别驾，遂贬雷州司户。时丁晋公与冯相在中书，丁当秉笔，初欲贬崖州，而丁忽自疑，语冯曰："崖州再涉鲸波，如何？"冯唯唯而已。丁乃徐拟雷州。及丁之贬也，冯遂拟崖州，当时好事者相语曰："若见雷州寇司户，人生何处不相逢？"比丁之南也，寇复移道州。寇闻丁当来，遣人以蒸羊别逆于境上，而收其僮仆，杜门不放出，闻者多以为得体。

寇准被贬时，丁谓秉笔，贬其到雷州；数年后，丁谓失势，被贬到崖州，路过雷州，与寇准相逢。重逢之时，寇准已是深得民心的司户，丁谓却落魄潦倒。寇准不计前嫌，蒸了羊肉，在路上等着丁谓。

人生会有相逢处，昔有寇准与丁谓，今有叶李与贾似道。

他们都原谅了自己的敌人，并不是因为不恨，而是因为已经看到了敌人的前路，任凭他们如何挣扎，今生今世也难以翻身。

何必计较？根本不值得！

只可惜，叶李身无分文，无法烹羊送行，只能写下这首小词赠予贾似道，不枉相逢之缘。

路途遥遥，他们各自踏上道路，一个往南，一个往北，此生便再也不会遇见。


漳州，木棉庵，贾似道的生命即将结束。

负责押送囚车的队伍中有一人名唤郑虎臣，其父郑埙曾任越州同知，生前遭贾似道陷害，流放至死，郑虎臣也被充军边疆，后遇大赦才得归。他隐忍多年，一直都在等待为父报仇的机会，直到贾似道被贬，他主动请缨监押贾似道。

那夜，灯火昏暗，庵中木鱼声急乱，郑虎臣站在佛像前，口中念着几句经文，随后，提起佩剑，闯入贾似道的房中，问道："可还记得含冤而死的越州同知郑埙？"

贾似道蹙眉想了许久，摇了摇头。他一生害人无数，手上不知沾了多少无辜人的鲜血，怎会记得那些陈年旧事？

郑虎臣再无多言，手起刀落，将贾似道斩杀于木棉庵中。

佛门净地，不可杀戮。

若佛欲降罪，便由他一人来承担。

只是，杀一人又有何用？山河动荡，再无英雄。

人生自古
谁无死

# 酹江月·和友《驿中言别》

文天祥

　　乾坤能大，算蛟龙、元不是池中物[1]。风雨牢愁[2]无著处，那更[3]寒蛩四壁。横槊题诗[4]，登楼作赋[5]，万事空中雪。江流如此，方来[6]还有英杰。

　　堪笑一叶漂零，重来淮水，正凉风新发。镜里朱颜都变尽，只有丹心难灭。去去龙沙[7]，江山回首，一线青如发[8]。故人[9]应念，杜鹃枝上残月。

---

1　《三国志·吴志·周瑜传》："蛟龙得云雨，终非池中物也。"蛟龙：比喻豪杰之士。池中物：比喻无远大抱负的人。

2　牢愁：忧愁。

3　那更：兼之。

4　横槊题诗：《旧唐书·杜甫传》："曹氏父子鞍马间为文，往往横槊赋诗。"苏轼《赤壁赋》："酾酒临江，横槊赋诗，固一世之雄也。"

5　登楼作赋：汉末，王粲避乱荆州，百感交集，作《登楼赋》。

6　方来：将来，近来。

7　龙沙：泛指塞外沙漠之地。《后汉书·班超传》赞曰："定远慷慨，专功西遐。坦步葱、雪，咫尺龙沙。"李贤注："葱岭、雪山，白龙堆沙漠也。"

8　此句化用苏轼《澄迈驿通潮阁》："杳杳天低鹘没处，青山一发是中原。"

9　故人：指邓剡，文天祥的同乡好友。

少时读《射雕英雄传》，喜黄蓉的古灵精怪，爱郭靖的侠肝义胆；又读《神雕侠侣》，见二人共守襄阳，深感"侠之大者，为国为民"。一直觉得，这般传奇的人物当活百年，轰轰烈烈，惩强扶弱。后来，才知道他们的结局竟是战死襄阳。惋惜之时，又觉得壮烈。抛头颅、洒热血，或许，这就是英雄豪杰当有的结局。

历史上真正的南宋末年，没有江湖，没有侠客，有的只是一个个保家卫国的将士，为了抵挡蒙古人的入侵，他们拼尽了最后一滴血。景炎元年（1276），陈宜中、张世杰护送赵昰和赵昺乘船逃亡，这两个孩子乃是皇室最后的血脉。两年后，抵达雷州，赵昰过世，年仅十一岁。群臣拥戴赵昺为帝，改年号祥兴。前方是蒙古兵，后方是大海，他们已经无路可退，所有人都做好了决战的准备。

祥兴元年（1278）腊月，文天祥率兵在海丰与元军作战，兵败被俘。元军一路猛攻，雷州失守，宋军又逃去崖山，最终在崖山发起了决战，史称"崖山海战"。这一战，何其惨烈，十万军民战死，几千条战船沉没，八岁的赵昺随皇室宗亲八百余人跳海自尽，保留了皇室最后的尊严。海上皆是尸体，浪涛滚滚，已成血海……

祥兴二年（1279），南宋灭亡。

那一日，元军主将张弘范将文天祥押到战船上，让他目睹宋军惨败之状。此种痛苦堪比酷刑，文天祥只求一死，但被元军所阻。他望着海上漂浮的尸体，作诗云："羯来南海上，人死乱如麻。腥浪拍心碎，飙风吹鬓华。"

四月，元军押送文天祥、邓剡等俘虏北上，明明已是春时，却不觉半分暖意，对于两个无国无家的人来说，无论何时都是寒冬，无论何处都是异乡。此时，他们要从南海去往大都，路程五千多里，会经过许多熟悉的地方，那里都曾是大宋的疆土。这条路，注定是痛苦的；走路的人，注定是孤独的。

八月，途经金陵城，曾经熙熙攘攘的街巷已空无一人，宋廷亡，繁华逝，秦淮河岸再也没有成双成对的才子佳人，有的只是悼念亡者的河灯，如星辰坠入春水，缓缓远去……

邓剡病了，只能暂留天庆观医治，而文天祥则要继续北上之路。

临别之时，邓剡为文天祥饯行，写了一首《酹江月·驿中言别》：

水天空阔，恨东风不惜世间英物。蜀鸟吴花残照里，忍见荒城颓壁。铜雀春情，金人秋泪，此恨凭谁雪？堂堂剑气，斗牛空认奇杰。

那信江海余生，南行万里，属扁舟齐发。正为鸥盟留醉眼，细看涛生云灭。睨柱吞嬴，回旗走懿，千古冲冠发。伴人无寐，秦淮应是孤月。

昔日赤壁之战，周瑜火烧曹操船队，东风有意助周郎，才使东吴大胜。而今，宋军水上作战，却接连惨败，仿佛苍天无意相助抗元英雄。

金陵城中，蜀国望帝死后化成的杜鹃正在哀啼，血色残阳照耀着吴地的花草，他们怎忍心去看这座荒城？

"铜雀春情"，根据唐代诗人杜牧《赤壁》中的诗句"铜雀春深锁二乔"，可知曹操将掠来的美人皆关押在铜雀台。"金人秋泪"，汉武帝时期宫中有一尊铜铸人像，也叫金人，汉亡后，魏明帝派人去搬取金人，金人不愿离开故国，竟流下眼泪。词人用"铜雀春情""金人秋泪"暗指女子和文物均被元军掳掠一空。曾经，金人入侵时，不也是如此吗？此仇此恨如何灭？

世人皆知英雄配宝剑，可惜，那把宝剑白白地认他为豪杰。他已沦为俘虏，辜负了堂堂剑气。几年前，他摆脱元军监视，乘船南行万里，只为与战友一同抗元。虽战败被俘，却还是决心要像蔺相如警告秦王、诸葛亮吓退司马懿那般，不畏生死，与元军继续抗争。

回首过去，痛定思痛。他因病暂留金陵，无法陪伴好友继续北行。此后，无数个难以入睡的夜晚，只有秦淮河的孤月陪伴着他。

文天祥读过这首词后，沉思良久，写下一首《酹江月·和友〈驿中言别〉》酬答邓剡："乾坤能大，算蛟龙、元不是池中物。风雨牢愁无著处，那更寒蛩四壁。横槊题诗，登楼作赋，万事空中雪。江流如此，方来还有英杰。　堪笑一叶漂零，重来淮水，正凉风新发。镜里朱颜都变尽，只有丹心难灭。去去龙沙，江山回首，一线青如发。故人应念，杜鹃枝上残月。"

邓剡词中数次提到三国豪杰，文天祥便以《三国志·吴书·周瑜传》中"蛟龙得云雨，终非池中物也"勉励友人。天地广阔，蛟龙岂会困于池中？有朝一日，蛟龙终会出池，腾飞于广阔云间。

风雨凄凉，愁煞眼前人，寒蛩叫声不停，惹得人心烦乱不安。曹操"横槊题诗"，王粲"登楼作赋"，都已成为往事。然而，长江后浪推前浪，来日定有英雄豪杰完成复国大业。

他们一路苦行，如落叶般随风飘零，重来秦淮河畔，正是深秋凉风时，满城萧瑟。他已白发苍苍，朱颜尽变，未变的只有那颗爱国之心。明日，他将去往北国，那时候，站在一片风沙之中，回望故国江山。此去凶险，如若捐躯，必化为杜鹃。故友怀念之时，不妨抬头看看枝头的杜鹃，那一定是他的灵魂归来。


次日，天未亮，文天祥便拜别好友，踏上了北上之路。前方必是黑暗，心有光明之人却无所畏惧，他将带着无数豪杰的丹心，用生命与敌军斗争到底。

数月后，文天祥抵达元大都，忽必烈念其忠义，便找来已经投降的宋廷官员，劝文天祥归顺。先是臣子留梦炎，文天祥痛斥其卖国求荣；劝降不成，元人又派来曾经的宋廷皇帝赵㬎——将士们在前方用生命保卫山河，皇帝却选择了投降，多么可悲！面对此人，文天祥只是恭敬地行跪拜之礼，痛哭道："圣驾请回！"

他至今还记得"崖山海战"，海风的呼啸声，元兵的厮杀声，宋军的悲号声，十万余人丧命，男女老幼，君臣百姓，没有一人幸免。那恨、那伤、那仇早已刻入他的骨血之中，一生都无法忘记！可为何有些人却忘了家国仇恨，像蝼蚁般苟且于世间?！

后来，忽必烈又派了元朝的人，文天祥不愿多言，只求一死。直到有一日，他收到了一封信，写信之人是他的长女柳娘，信中言家人都在宫中为奴。他明白，这是元人的计策：若投降，便可骨肉团聚。他没有回信，而是写信给妹妹："人谁无妻儿骨肉之情？但今日事到这里，于义当死……"

今生，他已无法救至亲，愿家人能明白他的一片丹心，成全他的气节。他已别无所求，只愿一死，灵魂回到故国。

三年后，寒冬时节，忽必烈已对文天祥失去耐心，他召见文天祥，最后一次劝降，只要文天祥愿为元廷效力，便任命他为宰相；若不愿，即刻处死。

这一日终于还是来了。文天祥没有丝毫犹豫，宁愿一死，不愿侍奉二主。

忽必烈又问："你还有何心愿？"

文天祥答："愿与一死足矣。"

次日，文天祥从容赴死，行刑前，他面朝南方跪拜，大声道："臣报国至此矣！"

元人黄溍言："宋之亡，不亡于皋亭之降，而亡于潮阳之执；不亡于崖山之崩，而亡于燕市之戮。"

当最后一个坚守者倒下之时，才是这个朝代真正的灭亡。

曾记芙蓉

满宫阙

# 满江红·题南京夷山驿

王清惠

太液芙蓉[1]，浑不似[2]、旧时颜色。曾记得、春风雨露[3]，玉楼金阙。名播兰馨[4]妃后里，晕潮莲脸[5]君王侧。忽一声、鼙鼓揭天来[6]，繁华歇[7]。

龙虎散，风云灭。[8]千古恨，凭谁说。对山河百二[9]，泪盈襟血。客馆夜惊尘土梦[10]，宫车晓碾关山月[11]。问嫦娥、于我肯从容，同圆缺[12]？

---

1  太液：太液池，此处借指南宋皇宫池苑。芙蓉：荷花，比喻女子姣好的面容。白居易《长恨歌》："归来池苑皆依旧，太液芙蓉未央柳。"

2  浑不似：全不像。

3  春风雨露：比喻帝王的宠爱。

4  兰馨：一作"兰簪"，本是女子插在发髻上的首饰，此处借喻后妃。

5  晕潮：指女子含羞时脸上泛起的红润光彩。莲脸：莲花般的脸庞。

6  鼙（pí）鼓：指战鼓。此句化用白居易《长恨歌》："渔阳鼙鼓动地来，惊破霓裳羽衣曲。"

7  歇：停，此处引申为"消失"，指往日宫廷的繁华景象顿然消失。

8  《易·乾·文言》："云从龙，风从虎，圣人作而万物睹。"此处以"龙虎"比喻南宋君臣，以"风云"比喻国家威势。

9  山河百二：《史记·高祖本纪》："持戟百万，秦得百二焉。"此处泛指广大山河。

10 尘土梦：指梦中看到尘土飞扬的战乱景象。

11 宫车：指作者和后妃们北行乘坐的车子。关山：关隘山岭。

12 同圆缺：指与月做伴，暗含摆脱人间劫难，避免耻辱之意。

咸淳十年（1274），七月癸未日，一名内侍面色惨白地跑出福宁殿，声音颤抖地道："官家驾崩了！"

闻言，王清惠缓缓闭上双眼，流下一滴清泪。

这一日，她等了很久，也知道早晚会来临。

是悲痛，还是解脱？说不清，也道不明。

依稀记得自己入宫那年正是碧玉年华，微风和煦，落英飘香，她跟随宫人的脚步走在悠长的宫巷，时而低头眈视衣裙上的绣花，时而抬头望着飞鸟的羽翼，初入宫廷，难掩心中好奇，觉得一切都是那样新鲜有趣。

宫中内侍教了她规矩、礼仪，称赞她才貌双全，日后必能宠冠六宫。她偶尔也会问起官家往事，内侍皆闭口不谈，经过一番打探，她才知道了皇家秘事：官家生母本是荣王府中的小妾，出身卑微，正室忌妒其怀子，逼着她服下堕胎汤药，怎料小妾福大命大，反而平安产子。可是，男婴中了药毒，智力低于常人，七岁才会说话，实在难当大任。不过，毕竟是赵氏唯一近亲血脉，景定元年（1260），立为皇太子，先帝驾崩后，便顺利即位，成了现在的官家。官家将朝政交托贾似道，自己则整日与嫔妃饮酒作乐，甚至曾一夜召三十余名女子侍寝，连公文

也交由宫中女子批答。

她这才知道自己的处境何其艰难，偌大的皇城，奢华之下，竟是一张张丑恶至极的面孔。后来，她只能小心翼翼地侍奉皇上，谨言慎行，从不敢议论政事，更不敢提起"蒙古兵"，因为，上一个提起"蒙古兵未退"的宫女，已经被贾似道杀害了。

这些年，王孙贵族沉浸在声色犬马之中，她也只能随波逐流，强迫自己做一个糊涂人。听闻官家崩逝，她并不意外，官家本就体弱多病，又荒淫无度，根本活不过壮年。她也流过几滴眼泪，不是为了官家，而是为了自己的青春。

官家留有遗诏，太子赵㬎即位，一个四岁的孩童，懵懂无知，就这样被推上了皇位。元军入侵，宋军溃败，即便是深宫中的女子，也知晓国难将至。只是，她一介女流，该何去何从？

两年后，元军兵临临安城，太皇太后抱着小皇帝赵㬎出城投降。元军入城后，收缴宋廷财物，并押送皇帝、太后、太皇太后及宫人内侍、朝廷官员北上，三千余人作俘，浩浩荡荡往北而去。

人间三月，王清惠入宫的时间，也是她离宫的时间。那暖阳，那落花，那飞鸟，似乎从未改变，可是当年满怀憧憬的佳人啊，已是历经沧桑，朱颜尽改。这一走，便是与故土永别。江南，她生长的地方，从未想过会以这样的方式离开，物是人非，山河故梦，终是回不去了。

途经曾经的都城汴京，元军在此停歇。驿站中，宫人们谈起靖康之耻，不禁叹息落泪。曾经，徽宗未能守住汴京；如今，他们也未能守住临安。空荡荡的屋子无纸无笔，她只能捡起一片碎石，在墙壁上写下一首《满江红》。

宫中太液池的荷花，再不似从前那般娇艳。曾记得，玉楼金阙，承恩受宠。后宫佳丽三千，她的美名如兰花般芬芳远播，她也曾醉倒在君王身侧，举杯对月，不知今夕何夕。

直到，响起惊天动地的战鼓声，众人才从繁华美梦中醒来，只是，兵临城下，为时已晚。

君臣离散，大宋灭亡，这"千古恨"，该对何人说？无人。面对如此破碎的山河，只能血泪洒衣襟。

那夜，她又梦到战乱杀戮，元军的利刃近在咫尺，宫人死的死、逃的逃，猛然惊醒，望向窗外，天刚刚破晓，他们又将继续北行，宫车慢慢碾过月影。她望着那轮冷月，默默地问嫦娥："可否让我追随你，了却凡尘，回归平静，与你同圆同缺？"

她已经很久未作诗写词了，若没有这首词，人们只会记得深宫承欢的王昭仪，而不会记得心怀家国的王清惠。她凝视着墙壁上的词，一遍遍读着那句："问嫦娥、于我肯从容，同圆缺？"

她的命运会是如何？是苟活，还是赴死？


不久之后，这首《满江红》传遍中原，宋廷忠臣纷纷作词相和。


## 满江红·和王昭仪韵

### 汪元量

天上人家，醉王母、蟠桃春色。被午夜、漏声催箭，晓光侵阙。

花覆千官鸾阁外，香浮九鼎龙楼侧。恨黑风、吹雨湿霓裳，歌声歇。

人去后，书应绝。肠断处，心难说。更那堪杜宇，满山啼血。事去空流东汴水，愁来不见西湖月。有谁知、海上泣婵娟，菱花缺。


## 满江红·燕子楼中

文天祥

（和王夫人《满江红》韵，以庶几后山《妾薄命》之意。）

燕子楼中，又捱过、几番秋色。相思处、青年如梦，乘鸾仙阙。肌玉暗消衣带缓，泪珠斜透花钿侧。最无端、蕉影上窗纱，青灯歇。

曲池合，高台灭。人间事，何堪说。向南阳阡上，满襟清血。世态便如翻覆雨，妾身元是分明月。笑乐昌、一段好风流，菱花缺。


## 满江红·试问琵琶

文天祥

（代王夫人作。）

试问琵琶，胡沙外、怎生风色。最苦是、姚黄一朵，移根仙阙。王母欢阑琼宴罢，仙人泪满金盘侧。听行宫、半夜雨淋铃，声声歇。

彩云散，香尘灭。铜驼恨，那堪说。想男儿慷慨，嚼穿龈血。回首昭阳辞落日，伤心铜雀迎新月。算妾身、不愿似天家，金瓯缺。

# 满江红·王母仙桃

邓 剡

王母仙桃，亲曾醉、九重春色。谁信道、鹿衔花去，浪翻鳌阙。眉锁娇娥山宛转，髻梳堕马云欹侧。恨风沙、吹透汉宫衣，余香歇。

霓裳散，庭花灭。昭阳燕，应难说。想春深铜雀，梦残啼血。空有琵琶传出塞，更无环佩鸣归月。又争知、有客夜悲歌，壶敲缺。


文天祥、邓剡都是朝廷官员，常年奔劳于抗元战场，王清惠对二人仅有耳闻，虽未曾相见，却钦佩已久。唯有身为宫廷琴师的汪元量，时时与她相见，知她心中孤苦，早已将她视为知音。只不过，碍于身份，二人从未说过一句话。

她知道，他们是懂她的，懂她那颗归国之心。

北方的夜，是寒冷的，是孤寂的，哪怕燕京繁华如临安，也没有一丝温暖。元人是贵族，宋人是囚徒，在那里，王清惠见到了许多故人，有的趋炎附势，有的忍辱求荣，有的宁死不屈。那么，她呢？

她站在冰冷的风雪中，望着明月，轻轻地绾起发髻，低声念着："道隐无名。夫唯道，善始且善成。"

绾髻为道，这就是她的选择。

这一生，她享乐过、麻痹过、软弱过、清醒过，从来命不由己，唯有这次随了自己的心。红尘多纷扰，放下，了断，方能心安。

燕塞雪月
无归年

# 望江南

华清淑

　　燕塞[1]雪，片片大如拳。蓟上酒楼喧鼓吹，帝城车马走骈阗。[2]羁馆[3]独凄然。

　　燕塞月，缺了又还圆。万里妾心愁更苦，十春[4]和泪看婵娟。何日是归年？

---

1　燕塞：指北方边境之地。德祐二年（1276），元军攻陷南宋都城临安，宋恭帝
　　奉表称臣，元军统帅伯颜将帝、后、大臣及宫人、乐师等挟持至元都燕京（今
　　北京）。
2　蓟上、帝城：均指元都燕京。骈阗：聚集，罗列。
3　羁馆：异地旅馆。
4　十春：十个春天，代指十年光阴。

华清淑，宋廷的小小宫人，她的名字，本就没有几人记得，宋亡之时，沦为阶下囚，踏上陌生的北上之路。

宋俘初到元大都，元帝以礼待之，夜夜设宴，降者皆有封赏。几年后，天有异象，元廷臣子言："乃宋公族在京所致。"元帝下诏迁赵氏宗族到开平，亲近侍从随行，华清淑就在其中。

北上开平，风雪载途，他们忍受着入骨之寒、裂肤之痛，一路漂泊。那夜，寒风呼啸，又传来宫人冻死的消息，草席卷着尸体，匆匆埋入雪中。华清淑胆怯地闭上双眼，生怕那会是自己的结局。

众人默哀之时，忽而听到一曲空灵的琴声，这是对亡者的悼念。弹琴之人，正是宫廷乐师汪元量。宋廷未亡时，他"以词章给事宫掖"；宋廷降元后，他以琴师的身份随谢太皇太后北上，元帝知他善琴，便下诏令他入宫，授其官职。元帝惜才，他本可留在元大都，不必受极寒之苦，可他却选择随行，一路守护着旧主。

华清淑永远也忘不了他的琴声。绿荷初开时，她有幸听过他抚琴，谪仙般的人物，音清而意远，曲子或喜或悲，喜则如雀上枝头，悲则如雨打芭蕉，余音绕梁，令人惊叹。而今，再闻琴声，已是故国不在，冰弦成哀。

她想，若是此生无缘再回江南，死后能得他弹奏一曲，也是一桩幸事。至少，还有人为她而伤，为她而叹，即使他根本不知她的名字。

北国，多少风雪夜，惊碎离人梦。华清淑醒来时，已是三更天，外面浸着惨白的月光，她伸出双手，掰着手指算了算日子，已经十二年了，离开江南整整十二年了。

闭上眼，仿佛还能看见熟悉的小巷、布满青苔的石板路，以及软糯香甜的桂花糕……

可惜，她回不去了。

几日前，听闻一桩好消息，元帝准允了汪元量南归的请求，他终于可以回家了！

她既羡慕又不舍，羡慕他归家，不舍他离去。只是，此生怕是再也听不到他的琴音了。余生，她该如何度过？

饯行之夜，是最后的相见，也是最后的诀别。旧日的知音纷纷送上离别词，华清淑站在人群中，默默地递给他一首《望江南》。

燕塞大雪，片片如拳。还记得初到燕京之时，繁华的街道如此热闹，车如流水马如龙，酒楼喧闹，鼓声欢腾，这是胜利者的狂欢，而那些离乡作囚的宫人，只能独自留在驿馆中，凄然落泪。

这里不属于他们，哪怕是月光，也不属于他们。燕塞明月，缺了又圆，圆了又缺，总不似江南明月般柔和。十二年，满怀愁苦，泪眼望明月，不知何时是归年。

她绝望地问："何日是归年？"

这问题根本没有答案。归家，简直就是奢望。她只愿他可以一路平安，带着所有人的思乡之情，回到属于他们的江南。

只见他的指尖缓缓划过琴弦，一曲别离，一曲相思。华清淑远远地望着他，想着，若有一日，自己不幸客死异乡，那她必定要哼着这首曲子离世……

那夜，金德淑、连妙淑、黄静淑、陶明淑、柳华淑、杨慧淑、梅顺淑、吴昭淑、周容淑、吴淑真等十一位宋廷旧宫人皆以词相赠。于她们而言，汪元量便是希望，她们无法完成的心愿，便由他来完成。

为了这些无家之人，他会行遍江南，替她们去看看那山、那河、那繁花。

## 望江南

### 金德淑

春睡起，积雪满燕山。万里长城横玉带，六街灯火已阑珊，人立蓟楼间。

空懊恼，独客此时还。辔压马头金错落，鞍笼驼背锦斓班，肠断唱阳关。

## 望江南

### 连妙淑

寒料峭，独立望长城。木落萧萧天远大，□声羌管遏云行。归客若为情。

樽酒尽，勒马问归程。渐近芦沟桥畔路，野墙荒驿夕阳明。长短几邮亭。

## 望江南

#### 黄静淑

君去也，晓出蓟门西。鲁酒千杯人不醉，臂鹰健卒马如飞。回首隔天涯。

云黯黯，万里雪霏霏。料得江南人到早，水边篱落忽横枝。清兴少人知。

## 望江南

#### 陶明淑

秋夜永，月影上阑干。客枕梦回燕塞冷，角声吹彻五更寒。无语翠眉攒。

天渐晚，把酒泪先弹。塞北江南千万里，别君容易见君难。何处是长安。

## 望江南

#### 柳华淑

何处笛，觉妾梦难谐。春色恼人眠不得，卷帘移步下香阶。呵冻卜金钗。

人去也，毕竟信音乖。翠锁双蛾空宛转，雁行筝柱强安排。终是没情怀。

## 望江南

杨慧淑

江北路，一望雪皑皑。万里打围鹰隼急，六军刁斗去还来。归客别金台。

江北酒，一饮动千坏。客有黄金如粪土，薄情不肯赎奴回。挥泪洒黄埃。

## 望江南

梅顺淑

风渐软，暖气满天涯。莫道穷阴春不透，今朝楼上见桃花。花外碾香车。

围步帐，羯鼓杂琵琶。压酒燕姬骑细马，秋千高挂彩绳斜。知是阿谁家。

## 望江南

吴昭淑

今夜永，说剑引杯长。坐拥地炉生石炭，灯前细雨好烧香。呵手

理丝簧。

君且住，烂醉又何妨。别后相思天万里，江南江北永相忘。真个断人肠。


# 望江南

### 周容淑

春去也，白雪尚飘零。万里归人骑快马，到家时节藕花馨。那更忆长城。

妾薄命，两鬓渐星星。忍唱乾淳供奉曲，断肠人听断肠声。肠断泪如倾。


# 霜天晓角

### 吴淑真

塞门桂月。蔡琰琴心切。弹到笳声悲处，千万恨、不能雪。

愁绝。泪还北。更与胡儿别。一片关山怀抱，如何对、别人说。


他与故人告别，踏上南归之路。归家，原是欢喜之事，他却越走越觉得凄凉，没有知己相伴的归途，注定是孤独的、冰冷的。十多年过去了，人们渐渐忘记故国，忘记耻辱，那颗炽热的心也早已被北国的雪冰封，无人再提起曾经的风雅之宋。

江南，汪元量站在那故国旧土上，一时之间，竟不知何处为家。

他满怀欣喜地归来，却已寻不见旧日的痕迹。那山已非昨日之山，那河也非昨日之河，那繁花已化为尘土。风雨飘摇的乱世，哪里还能称之为家？

或许，只能一次次入梦，在梦中与盛世重逢。

他过潇湘，入蜀川，民间相传他行踪飘忽，时人称他为"神仙"。其实，哪里有什么神仙，从始至终，他只是孤独一人罢了！

他会在人烟稀少的古路上，给过路的倦客递上一碗清茶；他会在满是残垣断壁的荒城中，救下无家可归的乞儿。他已不是那个风流多情的才子，他随着岁月而苍老，会默默写下诗篇，忆当年、寄哀思。

又是一年落花时节，他取出落满灰尘的琴，轻轻抚过，琴音婉转缠绵，他抬头望着空荡荡的山林，凄然一笑，再没人听琴了……

江南依旧，何人还无家？今日思家，明日思家，到底还无家！


北国开平，难得开了几株红梅，寒风袭来，又残落一地。女子孤独地躺在院墙下，白雪覆盖了身体，侍卫发现她时，已经没了气息。

她是何人？侍卫想了许久，才记起她是宋廷的宫人。

她叫什么名字？侍卫怎么也想不起她的名字。

侍卫拂去她脸上的冰雪，只见她嘴角含笑，极为安逸，许是极寒之时产生了错觉。她看见了什么？大概是江南吧！

侍卫叹了口气，找来草席裹着她的尸体，拖去了荒野。从此，世间再无她的痕迹。

她本卑微如斯，却又竭尽全力活到最后一刻。

点滴风雨
到天明

# 虞美人·听雨

蒋　捷

少年听雨歌楼上，红烛昏罗帐[1]。壮年听雨客舟中，江阔云低、断雁[2]叫西风。

而今听雨僧庐[3]下，鬓已星星[4]也。悲欢离合总无情[5]，一任阶前、点滴到天明[6]。

---

1　昏：昏暗。罗帐：古代床上的纱幔。
2　断雁：失群的孤雁。
3　僧庐：僧房、僧舍。
4　星星：白发点点如星，形容白发很多。
5　无情：无动于衷。
6　此句化用温庭筠《更漏子》："梧桐树，三更雨，不道离情正苦。一叶叶，一声声，空阶滴到明。"一任：听凭、听任。

雨，绵绵不断，湿了尘泥，净了凡尘，似要将人间洗礼。

老人静静地站在廊下，听着熟悉的雨落之声，回首华年，终是半生心酸，化为一声叹。

这场雨，似乎伴随了他的一生，从未停过……

"少年听雨歌楼上，红烛昏罗帐。"少年时，无声细雨入春来，他于歌楼听雨，只记得红烛暖帐。窗外，烟雨寒凉；屋内，纸醉金迷。公子风流世无双，曲尽夜未央，笙歌醉人梦。正是春风得意时，哪怕是狂风骤雨，此刻也觉得浪漫。年少时光本就是无忧无虑，不知愁为何物，也体味不到家国仇恨，唯一烦恼之事便是儿女情长。与成年人的世界相比，这何尝不是一种幸福！

且听歌楼一曲一风华，且看美人一步一生莲，红烛摇曳，胭脂暖帐，如此难忘，只想时光永远停留在此刻。

年少风流的公子还曾写下一首小令《霜天晓角》："人影窗纱，是谁来折花？折则从他折去，知折去、向谁家？　　檐牙。枝最佳。折时高折些。说与折花人道：须插向、鬓边斜。"

一次偶然的邂逅，他见女子在院中摘花，虽不相识，却还是高声呼喊，告诉姑娘该如何折、如何戴。不愧是少年人，总有磨不灭的激情，想什么，做什么，全凭一腔热血。

那时候，已是大宋末年，人人皆知国难将至。蒋捷一心静读圣贤书，胸怀鸿鹄之志，天真地以为只要入朝为官，便可拯救这个走向衰败的国家。可现实却是君主昏庸、奸臣当道，朝堂充斥着污浊与腐败，当权者早已放弃了这个王朝，任由它自生自灭。

1271年，忽必烈建立大元帝国，大宋城池接连失守，忠勇将士相继殉国。昔日的锦绣山河，如今满是狼烟与杀戮，那被鲜血染红的泥土，又要将白骨掩埋。风吹过，尘埃卷着悲痛，似在祭奠逝去的军魂。

三年后，蒋捷中进士。这一年，宋度宗赵禥驾崩，赵㬎奉遗诏即皇帝位，年仅四岁。太后临朝称制，奸臣贾似道把持朝政。元军压境，大宋已是气数将尽，所有的抵抗不过是垂死的挣扎。他是进士，也是末代进士，注定仕途坎坷。

乱世之下，谁也无法幸免，临安城破，最后的忠臣拼死护着皇帝往南逃去，一路逃亡，一路兵败。蒋捷孤身漂泊于悲惨的人间，某日，又逢细雨，正是："壮年听雨客舟中，江阔云低、断雁叫西风。"

江水无边，乌云低垂，西风伴秋雨，雁声未断绝，词人坐在客船中，听着外面的雨声，一颗悲凉的心无处安放。他不知流离了多久，如一叶小舟无处停靠。兵荒马乱的年代，容不下文人的才华，他一路奔走，满心疲惫，不知战乱何年何月方能结束，又以何种方式结束。偶尔传来前线的消息，竟令人绝望到窒息。听闻小皇帝逃去了南方，在海上行朝，元军猛追其后，宋军无力战斗，十万军民跳海殉国。江海相连，那些英魂或许能沿着水流，找寻故国的方向。

客船过吴江时，他又写下《一剪梅·舟过吴江》：

一片春愁待酒浇。江上舟摇，楼上帘招。秋娘渡与泰娘桥，风又飘飘，雨又萧萧。

何日归家洗客袍？银字笙调，心字香烧。流光容易把人抛，红了樱桃，绿了芭蕉。

江南的雨，从未停下。风雨潇潇，孤舟飘摇，曾经繁华的秋娘渡与泰娘桥，如今已是不见行人。何时才能回到家中洗衣袍？何时才能重调笙箫？何时才能将心字香烧？许久未回的故乡，此时，又是怎样的凄凉？

春光无情，最易流逝，将人抛却。且看，樱桃红了，芭蕉又绿，春去秋来，万物未变，似乎只有人渐渐地走向苍老。

因最后一句"流光容易把人抛，红了樱桃，绿了芭蕉"，蒋捷得名"樱桃进士"。这是他的壮年，乘着一叶扁舟，不知去往何方。前路渺茫，他已不知方向。

战争终将过去，却留下了不可磨灭的痛苦，大宋灭亡，江山易主，百姓离散。不知过了多少岁月，三千青丝成白发，词人已是垂暮老人，居于寺庙之中，孤苦度日。

又下雨了，雨声惊碎一场繁华梦。这座僧庐偏僻寂静，远离俗世，除了雨声，再无旁音，词人静坐禅房之中，一本经书翻了又翻，无心参悟，缓缓合上。雨声，如此哀伤，他以为青灯古佛，便了无牵挂，却不承想，当雨落窗前时，还是忍不住泪洒寒衣。

乱世误终生，曾经的悲欢离合都已尘封，年少时的欢乐也随风而去，唯有细雨不变，一滴一滴，落满了他的岁月。他经历了一个王朝的灭亡，又目睹了一个王朝的建立。灭亡并不等于结束，建立也并不是开始，新的统治者依旧贪图享乐，任由朝堂腐败，百姓受苦。元朝又能统治多久？也罢！这本不是一个僧庐之人该担忧的事情，由着风云万般涌，由着雨落到天明，天下兴亡，又与他何干！

蒋捷望着细雨，故作潇洒地叹道："一任阶前、点滴到天明。"

几分无奈，几分愁绪，终是难以放下，那晚，他静静地倾听着雨声，从黑夜到天明。

天亮以后，能否迎来晴天？有生之年，他可能见到晴空？

一首词，道尽一生辛酸。少年时，总以为日子很长，偷得半日闲，逍遥人世间，后来终于知道，他永远走不出这场宿命般的风雨。他没能改变世界，世界却将他摧残。沧桑之后，纵将前尘看透，亦有不甘之时，那雨声何尝不是一种心声，点点滴滴，滴不尽愁怨哀思。

半生飘零半生忧，只恐鸿雁寄离愁，一枕黄粱山河梦，回首经年万事休。

图书在版编目（CIP）数据

一蓑烟雨任平生：宋朝词人的风华人生 / 徐若央著.
— 成都：天地出版社，2024.2
ISBN 978-7-5455-7609-2

Ⅰ.①一… Ⅱ.①徐… Ⅲ.①宋词－诗歌欣赏 ②词人
－生平事迹－中国－宋代 Ⅳ.①I207.23②K825.6

中国国家版本馆CIP数据核字（2023）第012329号

YI SUO YANYU REN PINGSHENG：SONGCHAO CIREN DE FENGHUA RENSHENG

## 一蓑烟雨任平生：宋朝词人的风华人生

| | |
|---|---|
| 出 品 人 | 陈小雨　杨　政 |
| 作　　者 | 徐若央 |
| 责任编辑 | 柳　媛　梁永雪 |
| 责任校对 | 梁续红 |
| 封面设计 | V　霄 |
| 责任印制 | 王学锋 |

出版发行　天地出版社
　　　　　（成都市锦江区三色路238号　邮政编码：610023）
　　　　　（北京市方庄芳群园3区3号　邮政编码：100078）
网　　址　http://www.tiandiph.com
电子邮箱　tianditg@163.com
经　　销　新华文轩出版传媒股份有限公司

印　　刷　玖龙（天津）印刷有限公司
版　　次　2024年2月第1版
印　　次　2024年2月第1次印刷
开　　本　880mm×1230mm　1/32
印　　张　10.25
插　　页　8P
字　　数　240千字
定　　价　56.00元
书　　号　ISBN 978-7-5455-7609-2